KB266981

부산을 해양수도로,

부산·울산·경남을 해양수도권으로,

여수·광양·진해·부산·울산·포항에 이르는 지역을

북극항로경제권역으로 묶어서

한반도 남단에 서울 수도권과 대등하게 경쟁하는

해양수도권을 만들겠습니다.

전재수 드림

전재수 지음

전재수,
북극항로를 열다
부산의 미래를 열다

대한민국의 미래, 이제 부산이 선도해야 합니다

율리시즈

[프롤로그]

150년의 기다림을 넘어,
대한민국 미래 천 년의 심장이 되겠습니다

　2026년, 우리는 역사적인 숫자들이 교차하는 운명적인 시간을 맞이했습니다. 부산항이 근대 개항의 닻을 올린 지 150년, 해양수산부가 거친 파도를 헤쳐 온 지 30년이 되는 해입니다. 무엇보다 올해는 해양수산부 부산시대가 공식적으로 막을 올리는 '원년(元年)'입니다. 이 시간의 겹침은 단순한 숫자의 나열이 아니라, 부산과 대한민국 해양 정책이 새로운 전환점에 들어섰음을 상징합니다.

　우리는 냉혹한 현실과 마주하고 있습니다. 지금의 대한민국은 서울·수도권이라는 단 하나의 성장엔진에 의존한 채 위태롭게 날고 있습니다. 그 엔진은 이미 과부하에 이르렀고 우리 사회 곳곳에 균열을 드러내고 있습니다. 한쪽으로 기울어진 운동장에서 부산은 활력을 잃었고, 많은 청년이 기회를 찾아 정든 고향을 등지고 있습니다. 그러나 역사는 언제나 위기의 순간에 새로운 길을 만들어 왔습니다. 위기는 곧 거대한 기회의 서막입니다.

인류 역사를 바꾼 위대한 문명 역시 새로운 '길' 위에서 탄생했습니다. 과거 천 년이 실크로드와 수에즈 운하의 시대였다면, 다가올 미래 천 년은 북극항로의 시대가 될 것입니다. 얼어붙은 북극해를 녹이고 열리는 이 마지막 바닷길은, 대한민국이 세계 경제 지도의 변방에서 중심부로 나아가는 '천 년의 천운(天運)'입니다. 그 대전환의 한복판에 우리 부산이 있습니다.

저는 설계자로서 그 길을 닦아 왔고, 성과로 증명해 왔습니다. 해양수산부의 부산 이전은 국가 해양 전략의 실행력을 현장과 일치시키기 위한 구조적 전환이었습니다. 부산을 대한민국 유일의 해양수도임을 법적으로 명확히 한 「부산 해양수도 이전기관 지원에 관한 특별법」 제정과 SK해운·에이치라인해운 등 해운 대기업 본사 부산 유치는 해양정책과 산업의 무게 중심을 실제 바다와 가장 가까운 곳으로 이동시키는 과정이었습니다. 이는 부산을 단순한 항만 도시가 아니라, 부산을 대한민국 해양 전략의 실질적 거점으로 재정의하는 출발점이었습니다.

하지만 아직 가야 할 길이 남았습니다. 북극항로 추진을 위한 체계적 거버넌스 구축과 대규모 투자를 뒷받침할 금융 기반인 '동남투자공사', 해사 분쟁을 국내에서 해결하는 사법 인프라 '해사전문 법원', 해운 대기업 본사의 추가적인 부산 이전 등은 반드시 완수 해야 할 과제들입니다. 나아가 여수·광양·진해·부산·울산·포항을 잇는 강력한 '북극항로경제권역' 구축이 더해질 때, 대한민국은 마 침내 수도권 일극 체제를 극복하고 두 개의 양 날개로 힘차게 날아 오르는 '제2의 성장 엔진'을 갖추게 될 것입니다.

변화의 신호는 이미 현장에서 시작되었습니다. 해양·수산 계열 대학의 역대급 입시 경쟁률은 미래 세대가 부산과 우리 바다의 가 능성을 현실적 선택지로 인식하고 있음을 보여줍니다. 이제 남은 과제는 꿈을 향해 도전하는 청년들의 그 선택이 결코 틀리지 않았 음을 정책과 성과로 증명하는 일입니다.

부산은 대한민국의 마지막 심장입니다. 개항 150년의 저력과 해 양수산부 부산시대의 비전이 하나로 모일 때, 부산은 다시 한번 국 가 경제의 중요한 동력으로 자리매김할 것입니다. 거친 얼음을 깨 고 나아가는 쇄빙선처럼 흔들림 없이 부산과 대한민국의 미래를 향해 나아가겠습니다.

부산을 해양수도로, 부산·울산·경남을 해양수도권으로, 여수·광 양·진해·부산·울산·포항에 이르는 지역을 북극항로경제권역으로

묶어서 한반도 남단에 서울 수도권과 대등하게 경쟁하는 해양수
도권을 만들겠습니다.

해양수산부 부산시대,
일하고 일하고, 또 일하겠습니다.

해양수산부 부산시대 원년
2026년 3월 2일
전재수 올립니다

제2부 전재수, 부산의 미래를 열다

1장 | 꺼져가는 엔진, '해양수도 부산'이 다시 불을 붙이다 · 118

제3부 우리 일꾼, 우리 전재수의 약속

제1부

전재수, 북극항로를 열다

세계 해양 지도를 펼칠 때마다 제 시선은 늘 한 곳을 향했습니다. 대한민국 천 년의 기회이자 부산의 운명을 바꿀 마지막 바닷길, 바로 '북극항로'입니다.

그저 물류가 흐르는 길을 넘어 전 세계 무역 질서를 재편할 1조 달러 시장의 문턱에서, 저는 부산을 세계 경제의 심장으로 다시 뛰게 할 정책적 청사진을 구상해 왔습니다. 얼어붙은 북극해를 녹이고 열리는 이 길은 여수 · 광양 · 진해 · 부산 · 울산 · 포항을 잇는 강력한 '북극항로경제권역'의 완성을 의미합니다.

남부권의 제조업 벨트와 부산의 해양 인프라를 하나로 묶어 국가적 성장 엔진으로 거듭나게 하는 것, 그것이 제가 치열하게 고민해 온 국가 전략의 핵심이었습니다.

이제 이 길은 단순히 지도 위에 그려진 선이 아닙니다. 우리 미래 세대가 세계를 무대로 꿈을 펼치고, 부산이 세계 물류의 중심축으로 도약하는 새로운 기회의 통로입니다. 정책의 설계자로서 이 길을 온전히 완성해 나가는 것, 그것이 부산의 미래를 치열하게 고민해 온 정치인으로서 짊어져야 할 소명이자 마땅한 책임입니다.

대한민국 경제 지도를 바꿀 천 년의 기회

역사는 언제나 '길' 위에서 바뀌었습니다. 고대 문명은 사막과 초원을 가로지르는 '실크로드'를 통해 동과 서가 만났고, 문물과 사상이 교류하며 찬란한 꽃을 피웠습니다. 중세에는 목숨을 건 항해자들이 '향신료길'을 개척하며 대항해시대를 열었고, 그 바닷길을 장악한 국가가 세계의 패권을 쥐었습니다. 근대에 이르러서는 '수에즈 운하'가 개통되며 유럽과 아시아의 거리가 획기적으로 좁혀졌고, 이 좁은 수로가 전 세계 물류의 동맥이 되었습니다.

그리고 지금, 21세기 인류는 또 한 번 거대한 문명사적 전환 앞에 서 있습니다. 바로 이 지구상에 마지막 남은 길, '북극항로'가 열리고 있는 것입니다.

북극항로란 무엇입니까?

북극항로는 지구 온난화로 북극해의 두꺼운 얼음 장벽이 녹아내

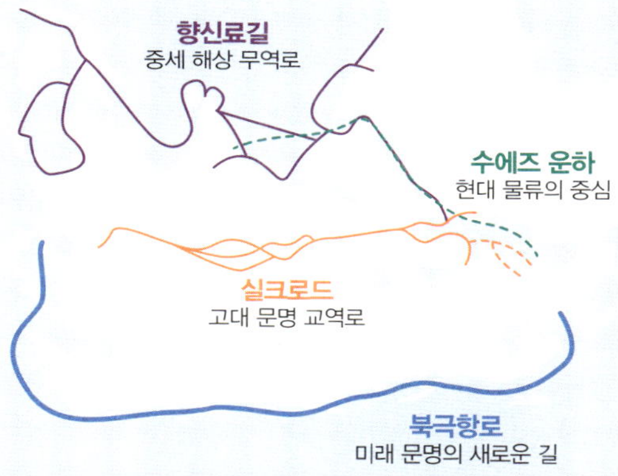

리면서 새롭게 열린, 아시아와 유럽을 잇는 '최단 거리 항로'를 의미합니다. 지금까지 부산에서 유럽으로 가기 위해 이용했던 수에즈 운하 경유 남방항로는 약 20,000킬로미터의 긴 여정이었습니다. 하지만 북극항로를 이용하면 그 거리는 약 13,000킬로미터로 줄어듭니다. 35퍼센트의 물길이 단축되는 것입니다. 거리의 단축은 곧 시간의 혁신으로 이어집니다. 30일이 꼬박 걸리던 운항 일수

새로운 항로, 새로운 기회

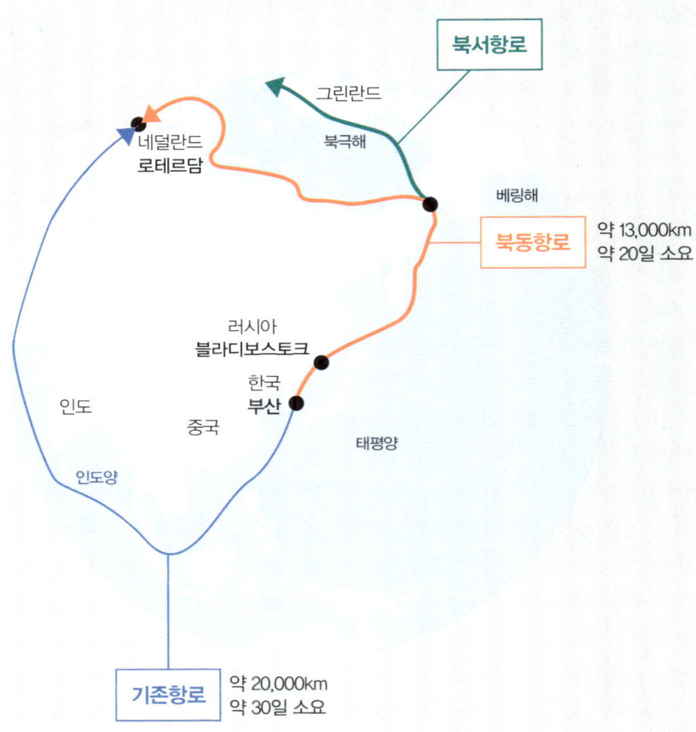

기존 항로	20,000km	30일
북극 항로	13,000km	20일
단축효과	7,000km	10일

→ 컨테이너선 기준 평균 운송 비용 약 20~30% 절감

는 20일로, 무려 열흘의 시간이 획기적으로 앞당겨집니다.

물론 아직은 한계가 있습니다. 현재는 해빙 면적이 줄어드는 7월부터 11월까지, 약 5개월 위주로 통항이 이루어지고 있습니다. 하지만 변화의 속도는 빠릅니다. 전문가들은 빠르면 2027년에서 2030년 사이, 북극항로가 '연중 항해' 가능한 바닷길로 완전히 열릴 것이라 전망합니다.

왜 지금 우리는 이 길에 주목해야 합니까?

첫째, 물류 혁명이 시작되었기 때문입니다. 앞서 말씀드린 거리와 시간의 단축은 단순한 숫자의 변화가 아닙니다. 10일의 시간 단축과 연료비 절감은 전 세계 해운 물류 비용의 구조를 송두리째 뒤흔들 것입니다. 기업의 경쟁력이 바뀌고 국가의 무역 지도가 다시 그려지는 물리적 혁명이 바로 이 북극의 바다 위에서 일어나고 있습니다.

둘째, 새로운 경제 영토의 발견입니다. 기후 위기라는 역설적인 상황 속에서 북극의 연중 평균 해빙 면적은 1979년 700만 km^2에서 2024년 438만 km^2로 37퍼센트가 감소했습니다. 대한민국 면적의 약 26배에 달하는 해빙이 사라진 것입니다. 그러나 얼음이 사라진 그 자리는 기회의 땅이 되고 있습니다. 북극 연안 8개국과 동북

아시아를 잇는 '신북극 경제권'은 전 세계 GDP의 54퍼센트를 차지하는 거대한 시장입니다. 미·중 갈등과 보호무역주의로 닫혀가는 통상 환경에서 북극항로는 자원과 에너지를 안정적으로 확보하고 우리 경제의 영토를 확장할 유일한 돌파구입니다.

셋째, 무엇보다 이것은 대한민국의 생존전략입니다. 지금 대한민국은 세계 최저 수준의 저출생과 가장 빠른 속도의 고령화, 그리고 잠재성장률 0퍼센트대 진입을 목전에 둔 구조적 저성장의 늪에 빠져 있습니다. 수도권 일극 체제는 한계에 봉착했고, 지방은 소멸의 위기에 처해 있습니다. 꽉 막힌 도로에서는 속도를 낼 수 없습니다. 이제 우리는 갇혀 있던 시선을 돌려 새로운 길을 찾아야 합니다.

북극항로의 시작점이자 종착점인 부산, 그리고 동남권의 제조 인프라는 이 새로운 길의 가장 큰 수혜자가 될 것입니다. 조선, 에너지, 해저케이블 등 우리가 가진 기술력이 북극이라는 거대한 현장과 만날 때 꺼져가던 대한민국의 성장 엔진은 다시 불타오를 것입니다.

실크로드가 대륙의 시대를, 수에즈 운하가 현대 해양의 시대를 열었다면, 북극항로는 미래 문명의 새로운 길입니다. 이 책은 그 새로운 길 위에서 대한민국이 어떻게 '해양수도권'이라는 비전을 통해 다시 한번 세계의 중심으로 도약할 것인가에 대한 치열한 고민과 전략을 담은 기록입니다.

길은 준비된 자에게만 열립니다. 이제 그 닻을 올립니다.

[1장]

기후 재앙인가, 천 년의 기회인가
: 북극항로의 역설

Q1. "멀쩡한 뱃길 놔두고 왜 굳이 험한 북극으로?"라는 질문, 많이 받으시죠? 우리가 꼭 북극으로 길을 열어야만 하는 특별한 이유가 있을까요?

지금 우리 앞의 바닷길은 더 이상 안전하지도, 경제적이지도 않습니다. 우리가 북극항로라는 새로운 길을 반드시 열어야 하는 이유는 안보와 경제, 국가균형발전이라는 확실한 근거 때문입니다.

첫째, 기존 항로의 지정학적 불안정성 때문입니다. 현재 우리 수출입 물동량의 상당 부분을 의존하는 수에즈 운하는 예멘, 수단, 소말리아 등 정치적 위기가 빈번한 국가들에 둘러싸여 있습니다. 후티 반군 사태처럼 언제든 통항이 막힐 수 있는 위험을 안고 있지요. 대한민국 경제의 생명줄인 물류망이 특정 항로의 위기에 볼모 잡혀서는 안 됩니다. 북극항로는 이러한 리스크를 분산할 수 있는 가장 확실한 '안보 항로'입니다.

둘째, 압도적인 물류 효율성입니다. 이는 막연한 기대가 아니라 구체적인 숫자가 증명합니다. 지구 온난화로 열리고 있는 북극항로는 부산항과 네덜란드 로테르담항을 잇는 최단 거리 지름길입니다. 기존 수에즈 운하를 이용하면 약 20,000킬로미터를 30일 동안 가야 하지만 북극항로를 이용하면 약 13,000킬로미터, 20일이면 도착합니다. 즉, 수송 거리는 약 35퍼센트, 운항 일수는 약 10일이나 단축되지요. 한국해양수산개발원의 2024년 분석에 따르면 5,000TEU급 컨테이너선이 하절기에 운항할 경우 운항 비용이 수에즈 운하 대비 약 20퍼센트 절감(380만 달러→300만 달러)되는 것으로 나타났습니다. 아프리카 희망봉 우회 항로(417만 달러)와 비교하면 그 격차는 더 벌어집니다.

셋째, 조선·금융·에너지 등 '전후방 산업의 동반성장'을 끌어내기 위함입니다. 북극항로가 활성화되면 거친 얼음 바다를 견딜 수 있는 '친환경 내빙 선박' 발주가 쏟아질 것이고, 이는 세계 최고의 기술력을 가진 우리 조선 산업에 엄청난 기회가 될 겁니다. 배가 늘어나면 선박 금융 시장도 커집니다. 현재 세계 선박 금융 시장 규모가 약 395조 원인데, 우리나라는 6퍼센트(약 23조 원) 수준에 불과해요. 북극항로는 우리 금융산업이 퀀텀 점프할 수 있는 기폭제가 될 것입니다.

넷째, 에너지 안보 측면에서도 중요합니다. 현재 우리는 석유 수입의 74퍼센트를 중동에 의존하고 있습니다. 하지만 북극권에는 미발견 석유의 13퍼센트, 천연가스의 30퍼센트가 매장된 것으로 추정됩니다. 북극항로는 에너지 수입국을 다변화하여 국제 정세가 요동쳐도 흔들리지 않는 자원 안보를 가능케 할 것입니다.

이렇듯 북극항로 개척은 단순한 대체항로 그 이상의 의미를 지닙니다. 부산을 비롯한 동남권이 아시아-유럽-미주를 잇는 북극항로의 기·종점이 됨으로써, 수도권 일극 체제를 극복하고 대한민국의 새로운 성장 동력인 '해양수도권'으로 도약하는 결정적인 열쇠가 될 것입니다.

Q2. 북극의 얼음이 녹는 건 분명 기후 재앙인데, 역설적이게도 이것이 대한민국엔 새로운 기회가 된다고 하셨습니다. 어떤 의미인가요?

북극의 얼음이 녹고 있다는 뉴스를 접할 때 어떤 생각이 드십니까? 아마 대부분은 해수면 상승이나 이상 기후 같은 '지구적 재앙'을 먼저 떠올리실 겁니다. 맞습니다. 이것은 인류가 함께 고민하고

해결해야 할 엄중한 위기입니다. 하지만 국가 전략을 다루는 사람이라면 이 위기 속에서도 냉철하게 국익을 찾아내야 합니다.

지난 45년간 북극 빙하의 37퍼센트가 사라졌습니다. 이것은 지구적 비극이지만 아이러니하게도 얼음이 사라진 그 자리에 인류 역사상 단 한 번도 허락되지 않았던 새로운 뱃길, 즉 '북극항로'가 열리고 있어요. 역사를 돌이켜볼까요. 실크로드가 열렸을 때 동서양 문명이 교류했고, 150년 전 수에즈 운하가 뚫렸을 때 세계 무역의 패권이 바뀌었습니다. 길이 열린다는 것은 단순히 이동 통로가 생기는 것을 넘어, 문명과 경제의 중심축이 이동한다는 것을 의미합니다.

지구상에 마지막 남은 뱃길인 북극항로가 열리면, 태평양과 대서양을 잇는 최단 거리가 완성됩니다. 전 세계 무역의 99퍼센트 이상을 해상 운송에 의존하는 대한민국, 그중에서도 유라시아 대륙의 동쪽 끝 관문에 위치한 부산은 이 새로운 길의 가장 큰 수혜자가 될 지정학적 운명을 타고난 셈이에요. 물론 우리가 원해서 얼음이 녹은 것은 아니지만, 기왕 열리는 길이라면 우리가 주도권을 쥐어야 하지 않겠습니까? 이것은 선택의 문제가 아니라, 위기를 기회로 바꾸고 절망을 희망으로 바꾸는 대한민국의 생존전략이자 '대전환'의 시작입니다.

Q3. 부산에서 로테르담까지의 거리가 획기적으로 줄어든다고 들었습니다. '물류 혁명'이라 불릴 만한 단축 효과, 숫자로 딱 잘라 말씀해 주신다면요?

물류에서 시간은 곧 돈이고 경쟁력입니다. 지금 부산항에서 유럽의 관문인 네덜란드 로테르담까지 가려면 남쪽으로 내려가 인도양을 건너고 이집트 수에즈 운하를 통과해야 합니다. 거리가 무려 약 20,000킬로미터, 밤낮없이 달려도 꼬박 30일이 걸리는 먼 길입니다.

하지만 북극항로를 이용하면 상황이 완전히 달라집니다. 부산에서 위쪽으로 뱃머리를 돌려 베링해협을 지나고 러시아 연안을 따라가면 로테르담까지 약 13,000킬로미터면 닿습니다. 거리가 무려 7,000킬로미터나 단축되는 것이죠. 운항 기간은 어떻습니까? 10일이라는 엄청난 시간을 벌게 되는 셈입니다.

비용 절감 효과는 더 극적입니다. 현재 컨테이너선 한 척이 수에즈 운하를 이용해 유럽으로 가려면 연료비와 통행료 등을 합쳐 약 380만 달러(약 56억 원)가 듭니다.

반면 북극항로는 쇄빙선 이용료를 포함하더라도 300만 달러(약 44억 원)면 충분합니다. 배 한 척이 한 번 움직일 때마다 80만 달러, 우리 돈으로 12억 원 이상을 길바닥에 버리지 않고 아낄 수 있다는 뜻입니다.

1년에 수천, 수만 척의 배가 오가는 글로벌 무역 시장에서 이 정도의 비용 절감은 그야말로 '혁명'입니다. 기업 입장에서, 그리고 국가 경제적 측면에서 이 명백한 이익을 눈앞에 두고도 외면한다면 그것이야말로 직무 유기가 아닐까요.

Q4. 해적 출몰이나 전쟁으로 늘 조마조마한 수에즈 운하와 달리, 북극항로는 얼마나 안전한가요? 안보 측면에서의 장점이 궁금합니다.

우리가 이용하는 기존의 남방항로(수에즈 운하 경유)는 사실 매우 불안한 길입니다. '병목 현상'이라고 하죠. 전 세계 물동량의 상당 부분이 몰리다 보니 수에즈 운하는 늘 만원입니다. 폭이 300미터 남짓한 좁은 수로에 거대한 배들이 줄을 서다 보니, 사고라도

전재수, 북극항로를 열다

한 번 나면 며칠이고 몇 주고 꼼짝없이 갇혀 있어야 합니다. 2021년 에버기븐호 좌초 사태 때 전 세계 물류가 마비됐던 것을 기억하실 겁니다.

치안 문제는 더 심각합니다. 서아프리카 해역이나 아덴만 근처는 어떻습니까? 현지 농민들이 흉년이 들어 먹고살기 힘들면 해적으로 돌변해서 지나가는 상선을 위협합니다. 오죽하면 "풍년이면 농민, 흉년이면 해적"이라는 말이 나올 정도니까요. 언제 총탄이 날아올지 모르는 위험천만한 길입니다. 게다가 중동의 호르무즈 해협은 언제 전쟁이 터질지 모르는 세계의 화약고이고요.

반면 북극항로는 어떻습니까? 해적도 없고, 전쟁의 위협도 상대적으로 적습니다. 넓은 바다를 이용하니 교통 체증이랄 것도 없습니다. 물론 유빙(流氷)이라는 자연적 장애물이 있지만 이것은 쇄빙 기술과 내빙 선박으로 충분히 극복할 수 있는 문제입니다. 예측 불가능한 전쟁이나 해적보다는 훨씬 관리 가능한 리스크라는 얘기죠.

최근 우리 국적선사들이 수에즈 운하의 불안정성 때문에 울며 겨자 먹기로 아프리카 희망봉을 돌아가는 경우가 많습니다. 이렇게 되면 거리는 4,000킬로미터가 더 늘어나고 비용은 약 420만 달러(약 62억 원)까지 치솟습니다. 안전하고 빠르고 저렴한 제3의 길,

북극항로는 선택이 아니라 필수적인 대안이 되고 있습니다.

Q5. 일각에서는 "유럽으로 가는 물동량이 적어서 우리 부산항엔 큰 실익이 없다"라고 걱정하기도 합니다. 이런 우려에 대해서는 어떻게 생각하시나요?

일각에서 제기하는 비판은 저도 잘 알고 있습니다. "현재 부산항 물동량 중 유럽행은 5~6퍼센트밖에 안 되는데, 북극항로 뚫어봤자 무슨 큰 이득이 있겠느냐"라는 지적입니다. 죄송한 말씀이지만 그것은 나무만 보고 숲을 보지 못하는 근시안적인 주장입니다. 현재 시점의 통계만 보면 부산항 물동량 중 유럽행 비중이 낮은 것은 사실이지만 정치는 현재가 아니라 미래를 봐야 하는 것 아니겠어요? 미래까지 갈 것도 없이, 2014년부터 2024년까지 10년 새 북극항로 물동량은 이미 10배나 늘었습니다.

결국 이 비판은 두 가지 큰 그림을 놓치고 있습니다.

첫째, 북극항로 초기에는 컨테이너보다 '벌크 화물'이 주력이 될 것입니다. 북극해 연안에 매장된 엄청난 양의 천연가스(LNG), 석유, 광물 자원을 실어 나르는 데는 중간 기항지가 필요 없습니다. 생산지에서 싣고 소비지로 바로 가면 된다는 말이죠. 우리나라는 에너지 수입국입니다. 중동에만 의존하던 에너지를 북극항로를 통해 더 싸고 빠르게 들여올 수 있다면 그것만으로도 국가 경쟁력은 엄청나게 올라갑니다.

둘째, 컨테이너 화물의 경우 부산항은 '라스트 포트(Last Port, 마지막 기항지)'가 됩니다. 이게 무슨 말이냐 하면, 중국이나 베트남, 동남아에서 생산된 유럽행 화물들이 각자 출발하는 게 아니라 일단 부산항으로 다 모인다는 뜻입니다. 부산에서 큰 배에 옮겨 싣고

부산항의 지정학적 장점

부산항은 세계 7위('24년 2,440만 TEU)의 컨테이너 처리 항만이자
세계 2위의 환적항만으로서 글로벌 복합운송 허브로 육성 중

– 정기 컨테이너 268개('24년) 노선을 가진 글로벌 물류 중심지이며, 항만 연결성 지수(LSCI) 기준 세계 4위 항만(상해, 닝보, 싱가포르, 부산)

– 부산항은 인도 · 태평양을 잇는 미주항로의 마지막 기항지라는 지정학적인 장점을 바탕으로 동북아 최대 환적항만으로 성장
* 운송시간, 주요항로 네트워크 등 亞–북미향 화물의 Last Port 기능 비교 분석 결과, 부산항은 동북아 주변 9개 항만 중 1위('19, Sea–Intelligence)

(환적), 북극으로 쏘아 올리는 것이죠.

지금은 유럽 물동량이 적지만 북극항로가 열리면 아시아 전체의 유럽행 화물이 부산으로 쏟아져 들어올 겁니다. 그때 우리가 길목을 딱 지키고 앉아서 환승역 역할을 하자는 것입니다. 지하철 환승역에 사람이 몰리듯, 부산항은 동북아 물류의 거대 환승 센터가 될 것입니다. 지금 당장 물동량이 적다고 손 놓고 있다간 그 물량이 고스란히 중국 상하이항이나 싱가포르로 넘어가고 맙니다. 이미 중국은 2024년에만 북극항로를 35번이나 오갔고, 작년에는 상업 운항을 시작했어요. 미래의 먹거리를 미리 선점하지 않고 "지금 이익이 없으니 안 된다"라고 하는 것은 패배주의일 뿐입니다.

현재의 5퍼센트가 아니라 미래의 100퍼센트를 봐야 합니다. 그것이 지도자가 가져야 할 혜안이라고 생각합니다.

Q6. 장관 시절에 '북극의 얼음을 깨는 쇄빙선 장관'으로 스스로를 소개하시다가 어느 순간 '북극항로 전도사'라는 표현을 쓰기 시작하셨습니다. 특별한 문제의식이 있으셨던 건가요?

처음 장관으로 취임하고 의욕이 넘쳐서 저를 소개할 때는 "북극의 얼음을 깨고 나가는 쇄빙선 장관 전재수입니다"라고 하고 다녔습니다. 꽉 막힌 현안들을 쇄빙선처럼 시원하게 뚫겠다는 의지였죠.

그런데 어느 날 시민들께서 쓴소리를 하시더군요. "안 그래도 기후 위기로 북극 얼음이 녹아서 난리인데 장관이 얼음을 더 깨고 다니면 어떡합니까, 당신이야말로 기후 재앙 유발자 아닙니까"라고요. 그 말씀을 듣고 아차 싶었습니다. 북극항로 개척이 자칫 환경 파괴로 비칠 수 있겠다는 우려를 깊이 새기게 되었지요. 그래서 '북극항로 전도사'로 명함을 바꿨습니다.

그러나 사실 북극항로는 '친환경 항로'입니다. 북극항로는 국제해사기구(IMO) 규제에 따라 2024년 7월부터 벙커C유와 같은 오염 물질 배출이 심한 연료를 쓰는 선박은 다닐 수 없고, 저유황유 사용이 의무화되었습니다. 이는 시작일 뿐, 앞으로 LNG나 수소 같은 청정 연료, 친환경 연료 선박들에게만 허락된 친환경 항로로 나아가게 됩니다.

게다가 거리가 7,000킬로미터나 짧아지니 운항 시간이 줄어들고, 그만큼 기존의 항로보다 연료 소모와 탄소 배출량도 획기적으로 줄어듭니다. 오히려 지구온난화의 가속도를 늦출 수 있는 대안이 될 수 있는 것입니다.

우리는 이 기회를 놓치지 않을 것입니다. LNG, 메탄올, 암모니아, 수소로 이어지는 친환경 선박 기술은 대한민국 조선소가 세계 최고입니다. 우리는 북극항로를 통해 돈만 버는 것이 아니라 '가장 깨끗하고 안전한 바닷길'을 만드는 글로벌 표준을 선도할 것입니다. 이것이 제가 북극항로를 전도하는 진짜 이유입니다.

2장

10년의 침묵을 깨다,
대한민국 쇄빙선의 재출항

Q7. 예전엔 가고 싶어도 못 가는 길이었는데 지금은 상황이 달라졌다면서요. 도대체 북극에 무슨 일이 일어나고 있는 것인지요?

과거 북극항로는 '가고 싶어도 갈 수 없는 길'에 가까웠습니다. 일 년 내내 두꺼운 얼음으로 뒤덮여 있어 쇄빙선 없이는 갈 수 없는 금단의 바다였지요. 우리 정부도 지난 2013년부터 2016년까지 국적선사를 통해 시범 운항을 5차례 시도했으나 얼음이 언제 다시 얼지 모르는 '연중 운항의 불확실성' 때문에 중단해야 했습니다.

하지만 지금은 상황이 완전히 달라졌습니다. 지구 온난화로 북극의 해빙이 녹으면서 뱃길이 열리고 있기 때문이지요. 얼음이 녹는 속도가 우리 예상보다 훨씬 빠르다는 것이 명백한 과학적 사실로 증명되고 있고요. 과거 IPCC(기후변화에 관한 정부 간 협의체)는 일반 선박이 3개월 정도 운항할 수 있는 시점을 2030년 이후로 예측했습니다(2014년까지의 관측치를 토대로 2015~2100년 예측). 하지만 현실은 어떻습니까? 이미 2020년대 들어서면서 일반 선박의 3개월 운항이 가능해졌어요. 즉, 자연의 시곗바늘은 예측보다 훨씬 빠르게 돌아가고 있고 앞으로 운항 가능 기간은 더 급격히 늘어날

2024년 북극 해빙 면적

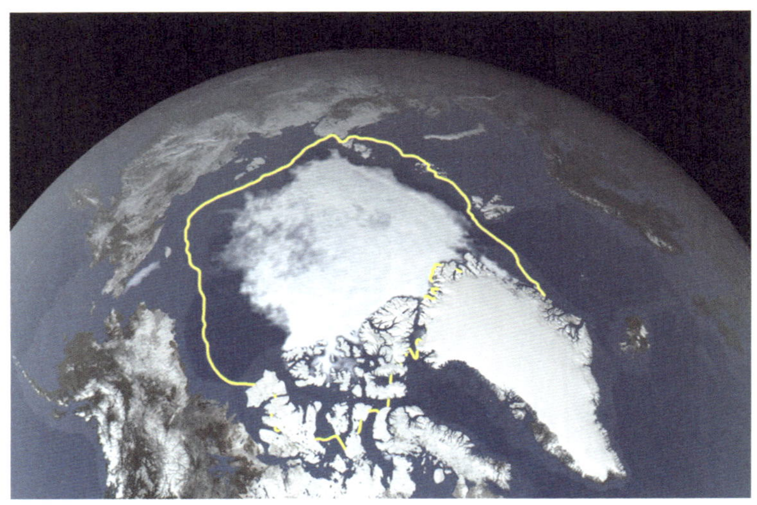

노란선은 과거 평균 해빙면적　　　　　　　　　　　　　　　　　ⓒ NASA

것이라는 말입니다.

　이러한 변화에 맞춰 북극항로는 이미 '미래의 길'이 아닌 '현재의 길'이 되었습니다. 통계가 이를 증명합니다. 2024년 한 해에만 무려 1,781척의 선박이 북극항로를 운항했습니다.

　주요 해양 강국들의 움직임은 이미 총성 없는 전쟁을 방불케 합니다. 러시아는 2035년까지 북극항로와 전후방 산업에 총 39조 원이라는 천문학적인 금액을 쏟아붓겠다는 투자계획을 발표했습니다. 중국의 '하이제 해운'은 2025년 9월, 세계 최초로 북극항로 정기 상업 운항 서비스를 시작하며 치고 나갔습니다. 미국 역시 작년에 쇄빙선 15척 구매 계획을 발표하면서 본격적인 운항 준비에 착수했습니다.

결론적으로 북극의 문은 이미 활짝 열렸습니다. 우리나라도 이 거대한 기회의 흐름에서 실기(失期)하지 않고 경쟁국에 뒤처지지 않기 위해서는 지금 당장 철저하고 과감한 준비가 필요합니다.

Q8. 미국, 러시아, 중국 같은 강대국들은 벌써 저만큼 앞서가고 있습니다. 냉정하게 말해서 우리 대한민국은 이미 늦지 않았습니까?

솔직하게 인정하자면, 우리는 많이 늦었습니다. 이미 주변 강대국들은 북극항로라는 거대한 '기회의 문'을 열기 위해 국가적 역량을 총동원하고 있습니다.

러시아는 우크라이나와 전쟁 중임에도 불구하고 2035년까지 39조 원을 쏟아부어 서쪽으로는 무르만스크에서 동쪽으로는 블라디

보스토크까지 항만과 인프라를 깔고 있습니다. 중국은 더 무섭습니다. 2024년 한 해에만 북극항로를 35번이나 오가며 상업 운항 데이터를 축적했고, '빙상 실크로드'라는 국가 전략을 통해 이미 정기 노선까지 만들었습니다. 2025년 9월에는 닝보항에서 출발해 북극항로로 유럽까지 가는 정기 컨테이너 노선인 중국-유럽 북극 익스프레스까지 띄웠습니다. 미국은 그동안 환경 보호 등을 이유로 주춤하다가 뒤늦게 뛰어들어 작년 5월에 나토 정상회담에서 해안경비대용 쇄빙선 15척을 발주하겠다고 전격 발표했습니다. 중국과 러시아가 앞서가는 걸 더는 보고만 있지 않겠다는 거죠.

하지만 '늦었다'는 것이 '포기해야 한다'는 뜻은 아닙니다. 오히려 후발 주자의 이점을 살려야 합니다. 그들이 시행착오를 겪으며 닦아놓은 길 위에서, 우리가 가진 세계 최고의 조선·해운·항만 경쟁력을 결합해 압축적으로 성장할 수 있습니다. 우리의 부산항은 세계 2위의 환적 경쟁력을 갖추고 있고, 우리 조선소는 쇄빙 기능을 갖춘 고부가가치 선박을 만드는 데 있어 타의 추종을 불허합니다.

지금은 속도전입니다. 늦게 출발했지만 우리의 목표는 단순히 그들을 따라가는 '추격자'가 아니라 가장 결정적인 순간에 시장을 장악하는 '선도자'가 되어야 합니다. 해양수산부를 부산으로 이전하고 관련 기업과 금융, 사법 인프라를 집적화해 시너지를 극대화

한다면 10년의 격차를 단 2~3년 안에 따라잡고 역전할 수 있다고 믿습니다. 늦었다고 한탄할 시간에 신발 끈을 동여매고 뛰어야 합니다!

Q9. 2016년 이후 10년 넘게 중단됐던 북극항로 시범 운항이 다시 추진됩니다. 왜 다시 시동을 거는지요? 이번엔 정말 성공할 수 있는 것인지도 궁금합니다.

맞습니다. 2013년에 현대글로비스가 국적선사 최초로 북극항로 시범 운항을 했어요. 하지만 2016년 이후 10년 동안 이 프로젝트는 사실상 멈춰 있었습니다. 당시에는 경제성이 불확실했고 정부의 의지도 부족했기 때문이죠.

하지만 지금은 상황이 완전히 다릅니다. 그때는 선택의 문제였지만 지금은 생존의 문제가 되었기 때문입니다. 10년 전에는 얼음이 너무 두꺼워서 경제성이 없다는 평가가 많았지만, 지금은 기후 위기로 얼음이 녹는 속도가 상상을 초월합니다. 포항공대 연구진은 2030년, 미국·스웨덴 연구진은 2027년이면 연중 운항이 가능할 것으로 보고 있습니다. 먼 미래가 아니라 당장 3~4년 뒤의 현실이 된 겁니다.

가장 큰 차이는 정부의 의지와 접근 방식입니다. 과거의 시범 운항이 해운 물류 차원에서의 단발성 이벤트였다면, 이번 2026년 시범 운항은 대한민국의 국가 성장 전략 차원에서 추진되는 거대한 프로젝트의 신호탄입니다. 단순히 배 한 척 띄우는 게 아니라 해수부 이전, 해사전문법원 신설, 동남투자공사 설립 등 인프라 구축과 시스템을 만들었습니다.

무엇보다 이번엔 '범정부 추진체계'가 가동됩니다. 정부가 주도하여 '북극항로 개척 기금'을 조성하고, 시범 운항 등 북극항로 개척 과정에서 발생하는 손실을 보전할 예정입니다. 새로운 항로를 여는 위대한 도전에 정부가 든든한 뒷배가 되어 주는 것이죠. 무엇

주요 연구기관별 북극항로 연중운항 가능 예상 시점

북극항로 연중운항 가능 시점		
스웨덴, 미국 : 2027년~	포항공대 : 2030년~	IPCC : 2050년 이전의 어느 시점
2030년 이후에는 북극항로 연중운항 가능 전망		

보다 10년 전과는 차원이 다른 실행력으로 북극항로를 우리의 물류 영토로 선점해 나가는 것, 이것이 과거와 가장 큰 차이점이자 핵심입니다.

Q10. 2026년 예정된 북극항로 시범 운항은 구체적으로 어떻게 펼쳐지는지, 미리보기 좀 부탁드립니다.

2026년 시범 운항은 막연한 계획이 아니라 아주 구체적인 로드맵에 따라 준비되고 있습니다. 목표는 북극항로 중에서도 북동항로를 통해 부산항과 네덜란드 로테르담항을 오가는 왕복 24,836킬로미터의 여정입니다. 이 항로를 약 50일에 걸쳐 항해하게 됩니다. 투입되는 선박은 내빙(耐氷) 성능을 갖춘 3,000TEU급 컨테이너선이 될 것입니다. 한 번에 3,000개의 컨테이너를 적재할 수 있는 규모인데요. 항로의 지형적 제약과 안전성을 고려할 때, 상업적 실익을 충분히 검토할 수 있는 규모의 선박이 투입된다는 데 의미가 큽니다.

　이번 시범 운항의 핵심은 북극항로의 채산성을 실질적으로 검증하는 데 있습니다. 운항 과정에서 확보되는 기상·해빙·연비·운항 안전성 등 모든 데이터를 체계적으로 축적하고, 이를 토대로 국적 선사와 학계가 함께 경제성과 안정성을 분석하게 됩니다. 향후 안정적인 수익 구조를 설계할 수 있는 구체적인 방안을 마련하게 될 것이고요.

　물론 관건은 우리 선사들이 마주할 불확실성을 어떻게 해소하느냐입니다. '혹시나 사고가 나면 어쩌나', '운항 손실이 발생하면 어쩌나' 하는 현장의 걱정과 우려는 당연합니다. 이를 위해 정부는 관련 기금 조성과 손실 보전 시스템을 마련하고 있습니다. 선사들이 안심하고 도전에 나설 수 있도록 현장에서 필요로 하는 실질적인 지원 방안도 검토해 나갈 예정입니다. 뿐만 아니라 올해 예산에 '쇄빙선 건조 지원' 110억 원, '친환경 쇄빙 컨테이너선 기술 개발' 37억 원 등 관련 예산도 꼼꼼하게 챙겨 넣었습니다. 이제 곧 우리 국적선사가 우리 화물을 싣고 북극의 얼음을 헤치고 나아가는 역사적인 장면을 보시게 될 겁니다.

Q11. 길이 뚫리면 물류 판도가 뒤집힐 텐데요. 이런 변화 속에서 우리 해운업계가 주도권을 선점할 수 있도록 정부는 어떤 전략을 준비하고 있나요?

북극항로가 열린다는 것은 단순히 뱃길 하나가 늘어나는 것이 아니라, 해운·물류 산업의 표준이 바뀌는 것을 의미합니다. 정부는 우리 해운업계가 이 거대한 변화의 파도에 휩쓸리지 않고 오히려 그 파도를 타고 세계를 선도할 수 있도록 세 가지 핵심 전략을 준

비하고 있습니다.

첫째, '선박의 친환경·내빙 전환'입니다. 국제해사기구(IMO)의 환경 규제가 날로 강화되고 있어, 미래의 북극항로를 운항하는 선박은 얼음을 깨는 능력뿐만 아니라 탄소를 배출하지 않는 친환경 기술이 필수적입니다. 이를 위해 정부는 친환경 쇄빙 컨테이너선 개발을 위한 예산 37억 원을 확보했습니다. 또한 2031년까지 이어지는 R&D 사업을 통해 수소, 암모니아 등 무탄소 선박 기술 확보를 지원합니다. 배만 만들어서는 안 되겠지요. 원활한 연료 공급을 위해 인프라펀드를 투입해서 울산항에 메탄올 저장시설을 구축했고, 앞으로 암모니아 벙커링 실증사업도 추진될 계획입니다.

둘째, '항만 인프라의 규모화와 특화'입니다. 북극항로가 열리면 물동량이 폭발적으로 늘어납니다. 이를 담을 그릇을 키워야 합니다. 작년 7월에 본격 착공된 부산항 내 진해신항이 그 핵심입니다. 이 공사가 완료되면 선석 수는 현재 40개에서 66개(세계 1위)로, 하역 능력은 약 2,120만 TEU에서 약 3,966만 TEU로 2배 가까이 늘어납니다. 세계 최대 규모의 컨테이너 항만 인프라를 선제적으로 확보하는 것입니다.

셋째, '시범 운항 지원'입니다. 이론만으로는 부족합니다. 정부가 올해 국적선사를 대상으로 북극항로 시범 운항을 실시하기로 한 것도 그 때문입니다. 우리 선사들의 리스크를 줄여주기 위해 극지 항해 선박의 건조 지원금을 제공하고, 항만 시설 사용료를 감면하는 지원책도 적극 동원됩니다. 또한 얼음 바다를 항해할 수 있는 전문 인력인 '극지 해기사' 육성 프로그램도 가동합니다.

이러한 지원을 통해 해운업계가 직접 북극을 오가며 운항 데이터를 축적하고 수익성과 안정성을 검증할 수 있도록 정부가 가장 든든한 '쇄빙선'이 되어 줄 것입니다.

우리는 세계 1위의 조선 기술을 가진 나라입니다. 이 기술력에 북극 운항 노하우가 더해진다면 다가올 북극항로 시대의 해상 물류 패권은 분명 대한민국이 쥐게 되리라 믿습니다.

Q12. 북극항로 개척이 국내 해운업계에 좋은 기회가 될 수 있다는 전망과 관련해 어떤 투자와 금융 지원 계획이 이루어지고 있습니까?

북극항로가 우리 해운·조선 산업의 판도를 바꿀 거대한 기회임

은 분명하지만, 막대한 비용과 리스크가 따르는 이 거친 바다에 우리 기업들을 맨몸으로 내몰 수는 없겠지요. 이와 관련해 기업이 안심하고 진입할 수 있는 안전장치 역할을 하는 곳이 한국해양진흥공사입니다. 이곳에서 단계적인 투자와 금융 지원 계획이 준비되고 있는데, 간략히 정리하면 이런 것들입니다.

첫째, 북극항로 개척 기금의 설립입니다. 북극항로를 운항하려면 일반 선박보다 훨씬 비싼 특수 내빙 선박이 필수적입니다. 개별 기업이 감당하기엔 초기 비용이 너무 크죠. 그래서 공사가 주도하여 전용 기금을 조성합니다. 선박 건조 지원뿐만 아니라 초기 위험이 큰 아이스클래스 선박 확보, 부산·진해 등 거점 항만에 필요한 친환경 인프라 투자, 친환경 연료공급 설비 구축까지 아우르는 종합적인 지원책이 준비되고 있는데요. 현장의 부담을 덜어내는 동시에 북극항로라는 새로운 해운 질서에 대비하는 시의적절한 대책이라고 생각합니다.

둘째, 실증 운항을 위한 금융 안전망 설계입니다. 처음 가는 길은 누구나 두렵기 마련입니다. 그래서 컨테이너선 시범 운항에서 정기선 수준으로 나아가는 단계별 로드맵에 맞춰, 선사들이 위험을 홀로 떠안지 않도록 안전장치를 마련했습니다. 특히 선사(해운사)와 화주(수출입기업) 간 장기 운송계약을 보증하는 금융 모델은 기업들에게 '이 정도면 믿고 도전해 볼 수 있겠다'라는 믿음과 확신을 줄 것이라 생각합니다.

셋째, 종합적인 항로 운항 지원입니다. 사실 해양 금융 전문기관에서 바다 위의 돌발 변수까지 일일이 챙기기란 쉽지 않은 일입니다. 그럼에도 운항 매뉴얼은 물론, 복잡한 국제 제재와 허가 절차 등 북극 항해에 따르는 '비금융적 리스크'를 관리할 수 있는 정보

플랫폼까지 함께 지원하고 있습니다. 유동성 지원을 넘어서, 우리 선사들이 낯선 바다에서 길을 잃지 않도록 정보의 흐름까지 세심하게 챙기고 있는 것이죠.

이처럼 한국해양진흥공사가 앞뒤에서 든든하게 뒷받침해 주는 덕분에, 우리 해운업계는 북극항로라는 거친 바다를 향해 용기 있게 닻을 올릴 수 있게 되었습니다. 저 역시 우리 기업들이 마음껏 도전할 수 있는 환경을 만드는 데 함께 힘을 보태겠습니다.

Q13. 러시아 제재에 트럼프 행정부의 등장까지, 산 넘어 산입니다. 국제 정세가 살얼음판인데 과연 북극항로가 현실성 있는 얘기일까요?

국제 정세는 하루가 다르게 변화하고 있습니다. 기술과 안보, 경제 질서까지 빠르게 재편되고 있죠. 지금 당장 우리 선박이 러시아를 자유롭게 오가는 데에도 많은 제약이 따르지만, 국제 정세란 결코 고정된 질서가 아닙니다. 영원한 적도, 영원한 아군도 없습니다.

트럼프 행정부는 미-러 관계뿐만 아니라 북극을 둘러싼 지정학적 판도의 또 하나의 변수입니다. 우리는 미국의 견제와 러시아의 개발 욕구가 맞물리는 지점을 예의주시해야 합니다.

트럼프 대통령은 과거에도 지금도 그린란드 매입을 거론하고 또 시도하고 있습니다. 이는 단순한 영토 확장의 욕심이 아니라 북극의 전략적 가치를 선점하려는 미국의 집요한 계산입니다. 자원 전쟁과 항로 주도권 다툼이 치열한 북극권에서 미국이 결코 패권을 놓치지 않겠다는 의지를 천명하고 있는 것이죠.

최근 북극항로를 바라보는 국제사회의 시선과 태도도 빠르게 변하고 있습니다. 일례로 2019년, 프랑스의 대표 선사인 CMA CGM은 환경 보호를 이유로 북극항로를 이용하지 않겠다고 공개 선언했었습니다. 그러나 최근의 모습은 사뭇 다릅니다. 작년 2월에 쇄빙선 4척을 구매하면서 사실상 실리 챙기기에 나선 겁니다. 겉으로는 환경 보호를 외치던 유럽 선사들조차 수면 아래에서는 '포스트 북극 시대'를 철저히 준비하고 있던 것입니다.

미국 역시 이러한 흐름을 놓치지 않았습니다. 북극 주도권 탈환을 위해 '항행의 자유'를 전면에 내세운 트럼프 행정부는, 작년 1월에 40척의 쇄빙선을 확보하겠다는 파격적인 방침을 밝혔습니다. 현재 그 실행의 첫 단계로 핀란드 등과 협력하여 15척 규모의 쇄빙선 확보 사업이 추진되고 있습니다. 이는 러시아나 중국이 선점해 온 북극의 빗장을 미국이 직접 열어젖히고, 북극항로를 국제 공용 항로로 만들겠다는 미국의 강력한 의지입니다. 이처럼 북극은 이미 '가능성의 영역'을 넘어 '경쟁의 영역'으로 들어섰습니다.

우리의 전략도 명확해집니다. 기다리는 것이 아니라 '준비하는 것'이죠. 제재가 풀리기만을 기다리며 손 놓고 있다가는, 막상 빗장이 열렸을 때 중국이나 일본에 주도권을 다 뺏기게 될 겁니다. 제재가 지속되는 동안에는 우리가 통제할 수 있는 영역에 집중해 내부 역량을 키워야 합니다. 내빙 선박을 건조하고, 전문 인력을 양성하고, 항만·물류·친환경 에너지 인프라 등을 구축하는 일은 국제 정세와 무관하게 지금 당장 우리가 실행해야 할 과제입니다.

동시에 외교적으로는 신중하고 유연한 접근이 필요합니다. 북극권 국가들과의 해운 회담과 북극이사회에 적극 참여해서 북극권 국가들의 정책 동향을 지속적으로 파악해야 합니다. 북극은 어느 한 나라가 단독으로 움직일 수 있는 공간이 아닙니다. 다자간 협력의 채널을 항상 열어 둬야 합니다.

또한 미국과는 가치와 안보를 공유하면서도, 러시아와는 경제적 실리를 위한 대화의 끈을 놓지 않는 균형 감각이 필요합니다. 제재가 완화되거나 질서가 재편되는 순간 즉시 움직일 수 있도록 시나

리오별 대응책을 마련해 두는 것, 그것이 불확실성을 관리하면서 국익을 극대화하는 가장 현실적인 길이라 생각합니다.

Q14. '전쟁은 언젠가 끝난다'라고 하셨죠. 그 말씀이 인상적이었습니다. 러시아와의 끈을 놓지 않아야 하는 전략적 이유는 무엇인가요?

천년만년 지속되는 전쟁이란 없습니다. 비극적인 러시아-우크라이나의 전쟁도 언젠가는 반드시 끝날 것입니다. 그리고 전쟁의 포성이 멈추면, 러시아 앞에는 '경제 재건'이라는 거대한 숙제가 놓이게 됩니다. 황폐해진 국가 경제를 회복시키기 위해 막대한 에너지를 수출하고, 끊겼던 해외 투자를 다시 유치해야만 합니다. 그때 러시아가 손을 내밀 파트너는 과연 누가 될까요? 서방 유럽 국가들과의 얼어붙은 관계가 회복되기까지는 상당한 시간이 걸릴 것입니다. 결국 러시아의 시선은 동쪽, 바로 아시아로 향할 수밖에 없습니다.

러시아의 파트너로서 대한민국은 중국이나 일본보다 훨씬 매력적인 존재입니다. 러시아의 뛰어난 설계 능력과 우리의 압도적인 건조 역량은 완벽한 상호 보완성을 갖기 때문입니다. 러시아는 쇄빙선 설계와 선박용 원자력 엔진(SMR) 등 선박 설계 분야에서 세계 최고 수준의 기술력을 보유하고 있습니다. 하지만 그 설계도를 완벽하게 구현해내는 건조 역량은 현저히 떨어집니다. 반면, 러시아가 통상 컨테이너선 한 척을 만드는 데 7년이 걸린다면, 우리나라는 단 2년이면 뚝딱 만들어내는 건조 능력을 갖추고 있습니다.

사실 전쟁 전까지만 해도 한국과 러시아는 조선·해운 분야에서 최고의 파트너였습니다. 야말 프로젝트, 즈베즈다 조선소 건설 협력 등은 양국의 신뢰를 보여주는 사례입니다. 지금은 비록 전쟁이라는 풍랑 앞에 잠시 멈춰 서 있지만, 러시아의 설계 기술과 우리의 건조 능력이 만났을 때 어떤 시너지를 낼 수 있는지 우리도 러시아도 이미 경험으로 알고 있습니다.

우리가 지금 러시아와의 끈을 완전히 놓아버린다면 종전 후 열릴 거대한 북극 시장에서 대한민국은 철저히 소외될 것입니다. 국익 앞에서는 감정보다 이성이 앞서야 하는 법입니다. 해양수산부와 외교부가 협력하여 러시아 측과 실무 협의의 끈을 놓지 않고 대화 채널을 유지하고 있는 이유도 바로 여기에 있습니다.

무엇보다 북극항로는 러시아 영해를 지나지 않고서는 갈 수 없는 길입니다. 전쟁 이후 재편될 질서에서 우리가 주도권을 쥐기 위해서라도 물밑에서의 교류와 준비를 멈추지 말아야 합니다. 이것은 단순한 외교적 선택이 아니라, 대한민국 경제 영토 확장을 위한 필수 조건입니다.

Q15. 덴마크와 영국을 다녀오셨죠. 북극항로를 여는데 왜 그 먼 유럽 국가들과 손잡기가 중요한 것인지요?

북극항로는 단순히 얼음만 녹는다고 갈 수 있는 길이 아닙니다. 그 길을 갈 수 있는 '기술(배, 경험)'과 그 길을 통제하는 '규칙'이 있어야 합니다. 제가 덴마크(25.11.26)와 영국(25.11.28)을 찾았던 이유가 바로 여기에 있습니다. 결과적으로 양국 방문은 우리 해양 외교의 지평을 북극으로, 그리고 세계의 중심으로 넓히는 매우 의미 있는 여정이었습니다. 두 나라와의 협력은 북극항로라는 거대한 문을 열기 위해 반드시 필요한 실질적 경험과 국제적 리더십을 확

보했다는 점에서 중요합니다.

먼저 덴마크에서의 성과입니다. 덴마크는 현재 북극이사회 의장국으로서 북극의 안전과 환경 등 국제규범을 만드는 데 핵심적인 역할을 하는 나라입니다. 저는 덴마크 산업·비즈니스·금융부 장관과 만나 해운·해사 협력 확대를 위한 MOU(양해각서)를 체결해 양국 간 협력 범위를 한층 넓혀 나갈 수 있는 중요한 기반을 마련했습니다.

세계 최고 수준의 해운사인 머스크(Maersk)의 CEO를 만났던 것도 기억에 남습니다. 머스크는 지난 2018년 부산항에서 출발해 북극항로를 시범 운항했던 경험이 있습니다. 그와 당시의 생생한 경

힘을 공유하며 북극항로의 상업적 활용 가능성에 대해 깊이 있는 토론을 나누었습니다. 더 나아가 앞으로 열릴 북극항로 시대는 물론 친환경 연료와 조선 분야에서 한국과 긴밀히 협력하고 싶다는 강력한 의지를 확인했습니다.

다음으로 영국 런던에서 열린 국제해사기구(IMO) 총회에서의 성과입니다. IMO는 해사 안전, 해양환경보호 등과 관련된 국제규범을 만드는 UN 산하 전문기구입니다. 우리나라는 이번 총회에서 각국 대표단과 만나 양자 면담을 갖는 등 치열한 교섭 활동 끝에 최상위 등급인 'A그룹 이사국'에 13회 연속으로 선출되는 쾌거를 이뤘습니다. 이사국은 선거에 참여한 회원국 절반 이상의 지지가 필요합니다. 이는 2001년부터 이어온 기록으로, 대한민국이 명실상부한 해운·조선 강국이자 국제 해사 분야를 이끄는 중요한 리더임을 전 세계가 다시 한번 공인한 것입니다.

결국 이번 순방은 덴마크와는 '북극의 길'을 닦고, 영국에서는 '바다의 규칙'을 주도할 힘을 얻었다는 데 큰 의미가 있습니다. 이러한 성과는 앞으로 부산이 북극항로의 중심 거점으로 확고히 자리 잡기 위한 국제 협력의 토대가 될 것입니다.

Q16. 북극 연안국들의 움직임이 심상치 않습니다. 그들만의 리그에 우리가 끼어들 틈이 있을까요? 구체적으로 어떤 '동업'이 가능할지 궁금합니다.

북극은 경쟁의 공간인 동시에 협력의 공간이기도 합니다. 북극 연안국들은 공조와 경쟁을 병행하며 질서를 다지고 있습니다. 그 중심에 있는 것이 북극권 8개국이 참여하는 정부 간 협의체, 북극 이사회(Arctic Council)입니다. 북극이사회는 북극 해운 현황과 안전, 북극해 환경 영향을 분석하기 위한 다양한 협력 프로젝트를 추진하고 있습니다. 지난해 1월에는 국제해사기구(IMO)와 '극지 해사 공동 세미나(Polar Maritime Seminar)'를 개최하는 등 북극항로와 관련한 국제적 논의가 구체적으로 진행되고 있습니다. 또한 미국을 중심으로 한 서방 진영의 움직임도 눈에 띕니다. 2024년 7월, 미국·캐나다·핀란드 3국이 일명 '아이스 팩트(ICE Pact)'를 맺었습니다. 북극에서의 영향력을 확대하기 위해 공동으로 쇄빙선을 건조하고 기술을 공유하겠다는 동맹입니다. 이처럼 북극 선점을 위한 합종연횡은 가속화되고 있습니다.

　그렇다면 우리는 이들과 어떤 일을 해 나갈 수 있을까요? 가장 기초적이면서도 중요한 것은 과학 연구 협력입니다. 북극항로를 안전하게 항행하기 위해서는 바다와 얼음에 대한 데이터 구축이 필수적인데, 이를 위해 연안국들과 북극해 공동 탐사를 추진할 수 있습니다. 또한 '한-북극권 인력 교류 사업'을 통해 인적 네트워크를 쌓는 것도 장기적인 협력 관계를 위해 꼭 필요합니다.

　산업적으로는 더 큰 기회가 있습니다. 양국의 필요가 맞아떨어지는 조선 및 기자재, 에너지 분야에서 협력이 가능합니다. 좋은 사례가 있는데, 현재 한국해양수산개발원(KMI)과 아이슬란드의 그라나플(Grænafl)사가 협력하여 '한-아이슬란드 전기 소형 선박 개량 사업'을 진행하고 있습니다. 아이슬란드의 어선을 우리나라 기업의 기술로 친환경 전기 선박으로 개조하는 프로젝트인데, 이처럼 우리의 우수한 기술력과 연안국의 수요를 결합한 실질적인 비즈니스 모델을 계속 만들어 나갈 수 있을 것입니다.

무엇보다, 우리는 이미 무대 안에 들어와 있습니다. 한국은 북극이사회의 정식 옵서버(Observer) 국가로서 프로젝트와 논의에 참여하고 있고, 국제해사기구(IMO) 최상위그룹 이사국에 13회 연속으로 선출된 국가입니다. 그런 점에서 북극은 '그들만의 리그'가 아니라 우리가 연구와 산업, 규범 역량을 결합해 충분히 역할을 만들어갈 수 있는 협력의 공간입니다.

3장

부산 vs 상하이 vs 싱가포르, 물러설 수 없는 바다의 승부

Q17. 거대한 공룡 중국 상하이항과의 대결이 불가피해 보입니다. 북극항로의 거점 자리를 놓고 부산항이 상하이를 이길 수 있는 '한 방'은 무엇입니까?

북극항로가 본격적으로 열리면 전 세계 항만들의 서열이 요동칠 것입니다. 과연 누가 최후의 승자가 될까요? 저는 단언컨대 대한민국의 부산항이라고 말씀드리겠습니다.

물론 상대는 만만치 않습니다. 현재 세계 1위 항만은 싱가포르입니다. 하지만 북극항로 시대가 오면 물류의 중심축이 북쪽으로 이동하게 됩니다. 북극해를 기준으로 할 때, 싱가포르는 지리적으로 부산보다 남쪽에 위치해 있습니다. 북극으로 가기 위해 다시 거슬러 올라와야 하니 거점으로서 매력이 떨어질 수밖에 없습니다.

결국 진짜 승부는 부산항과 중국의 상하이항의 맞대결로 좁혀집니다. 상하이항, 정말 무섭습니다. 현재 선석(배를 대는 공간)이 54개나 됩니다. 세계 2위 규모죠. 반면 우리 부산항은 40선석입니다. 덩치로만 보면 우리가 밀리는 것으로 보입니다.

하지만 대한민국 부산항에는 상하이가 갖지 못한 세 가지 비교

우위가 있습니다.

첫째, 환적 경쟁력입니다. 부산항은 환적 물동량 기준으로 이미 세계 2위입니다. 단순히 짐을 내리는 게 아니라, 다른 배로 갈아 태워 보내는 환적 시스템이 세계 최고 수준으로 효율화되어 있지요.

둘째, 지정학적 위치입니다. 상하이항에서 북극항로로 가려면 동중국해를 거쳐 올라와야 해서 거리가 더 멉니다. 반면 부산은 대한해협만 빠져나가면 바로 동해를 타고 북극으로 직행할 수 있습니다. 거리와 시간 면에서 부산이 더 유리하다는 것이죠. 덩치는 작아도 더 빠르고 더 효율적인 부산항이 결국엔 이길 수밖에 없는 싸움입니다.

셋째, 국제 질서입니다. 미국, 러시아 일본이 각자 이해관계를 가지고 있으면서도 중국의 영향력이 커지는 것을 경계할 것입니다. 이런 역학관계 속에서, 현재로서는 부산의 거점 역할과 전략적 가치가 주목받을 가능성이 아주 높습니다.

Q18. 부산항을 '지하철 1·3·5호선 환승역'에 비유하신 적이 있죠. 재미있는 표현인데, 물류 관점에서 정확히 어떤 뜻입니까?

부산항의 미래를 가장 직관적으로 보여주는 비유라고 생각해요. 우리가 지하철을 탈 때를 생각해 보십시오. 노선 하나만 있는 역보다 1호선, 3호선, 5호선이 겹치는 '환승역'이 훨씬 붐비고, 땅값도 비쌉니다. 왜냐하면 어디로든 갈 수 있고, 사람들이 자연스럽게 모이기 때문입니다.

지금 전 세계 바다에도 이런 거대한 물류의 대동맥이 흐르고 있습니다. 유럽으로 향하는 '남방항로', 태평양을 건너는 '미주항로'가 대표적입니다. 여기에 이제 인류 역사상 처음으로 '북극항로'라는 제3의 대동맥이 뚫립니다. 세계 지도를 펼쳐놓고 이 세 선을 그어볼까요. 놀랍게도 정확하게 한 지점, 대한민국 부산 앞바다에서 교차합니다.

이게 무엇을 의미할까요? 유럽에서 온 짐을 미국으로 보내거나, 반대로 미국에서 출발한 짐을 북극을 통해 유럽으로 보낼 때, 반드시 들러서 갈아타야 하는 거점이 부산이 된다는 뜻입니다. 상하이항은 중국 내수 물량을 처리하느라 바쁘지만, 부산항은 전 세계 물량이 모였다가 다시 흩어지는, 말 그대로 '글로벌 물류의 환승 센터'가 되는 것입니다.

단순히 짐만 옮겨 싣는 게 아닙니다. 고속도로 휴게소를 떠올려 보시면 이해가 쉽습니다. 차가 휴게소에 들르면 뭐 합니까? 주유도 하고, 밥도 먹고, 화장실도 가고, 쇼핑도 합니다. 배도 똑같습니다. 부산항에 들어온 배들은 기름을 넣고(벙커링), 고장 난 곳을 수리하고(MRO), 선원들이 사용할 식자재와 생필품(선용품)을 싣습니다.

이 환승역 효과 아래, 부산항 주변에는 물류뿐만 아니라 금융, 수리, 관광, 서비스업까지 연관 산업이 함께 성장하게 됩니다. 부가가치가 눈덩이처럼 불어나는 구조가 만들어지는 것입니다. 이것이 바로 하늘이 부산에 내려 준 지정학적 천운 아니겠습니까.

Q19. 북극항로가 본격적으로 열리면, 우리가 알고 있던 부산항의 풍경은 어떻게 달라질까요?

북극항로의 개척은 부산항의 위상을 근본적으로 바꾸는 거대한 전환점이 될 겁니다. 단순히 짐을 내리고 싣는 항구를 넘어, 북극으로 향하는 모든 선박이 반드시 거쳐야 하는 기착지이자 종합 서비스 기지로 도약하게 될 테니까요. 이러한 북극항로 시대를 대비해 가장 분주하게 움직이고 있는 곳 중 하나가 부산항만공사입니다.

가장 먼저 주목하고 있는 변화는 바로 '라스트 포트(Last Port)', 즉 기착지로서의 지위 확보입니다. 물류의 생명은 시간과 비용입니다. 북극항로를 이용하면 부산에서 유럽까지 거리가 약 7,000킬로미터 줄어들고, 운송 기간도 10일가량 단축될 수 있습니다. 현재 부산항은 미주(미국) 항로에서는 마지막으로 화물을 싣고 떠나는 라스트 포트 역할을 하고 있지만, 유럽 항로에서는 싱가포르나 말레이시아 항만에 그 자리를 내준 상황입니다. 그러나 북극항로가 상용화되면 상황은 역전됩니다. 부산항이 유럽으로 가는 길목의 가장 마지막 거점, 다시 말해 '유럽 항로의 라스트 포트'가 되는 것이죠. 부산항만공사는 이 과정에서 쏟아질 대규모 환적 화물을 안정적으로 처리하기 위해 항만 운영 시스템을 선제적으로 고도화하고 있습니다.

두 번째는 친환경 에너지 항만으로의 기능 확장입니다. 앞으로 국제 정세가 안정되고 북극 인접 지역의 에너지 개발이 본격화되면 에너지 운송 수요가 폭발할 것입니다. 이때 부산항은 단순히 짐만 내리는 곳이 아니라 배들이 쉬어가며 LNG 같은 친환경 연료를 채우는 거대한 주유소가 되어야 합니다. 이른바 '벙커링' 사업을 선제적으로 준비하면서, 부산항이 국제적인 탈탄소 흐름을 선도하는 에너지 항만으로 도약하는 데에도 부산항만공사의 역할은 매우 중요합니다.

마지막으로 고부가가치 선박 서비스 시장이 열립니다. 북극을 오가려면 일반 배가 아닌 쇄빙이나 내빙 기능을 갖춘 특수 선박이 필수적입니다. 부산항은 이러한 특수 선박의 건조는 물론 수리, 유지·보수(MRO) 수요를 흡수하며 단순 물류 항만을 넘어선 고부가가치 해양 산업의 중심지로 성장할 수 있습니다.

결국 북극항로가 열리면 부산항은 글로벌 물류 지도의 변방이 아닌 중심으로 이동하게 됩니다. 이는 대한민국이 명실상부한 해양 강국으로 도약하는 데 가장 강력한 중심축이 될 겁니다. 화물만 잠깐 내려놓고 떠나는 항구가 아니라, 배들이 머물며 기름도 넣고, 수리도 받고, 쇼핑도 하고 가는 거대한 '해양 경제 플랫폼'이 되는 것. 그것이 제가 간절히 꿈꾸는 부산항의 미래이고, 부산항만공사가 치밀하게 준비해 온 청사진입니다.

Q20. 진해신항을 세계 최대의 '스마트 항만'으로 만든다는 계획, 듣기만 해도 가슴 벅찹니다. 구체적으로 어떤 모습으로 완성되는지 청사진을 보여주세요.

우리가 상하이항이라는 거인을 이기려면 지금의 부산항만으로는 덩치가 충분하지 않습니다. 그래서 대한민국이 준비하고 있는 비장의 무기가 바로 '진해신항'입니다.

부산항 신항 바로 옆에 조성되고 있는 진해신항의 규모는 상상을 뛰어넘습니다. 3단계에 걸친 개발을 통해 진해신항에만 총 21

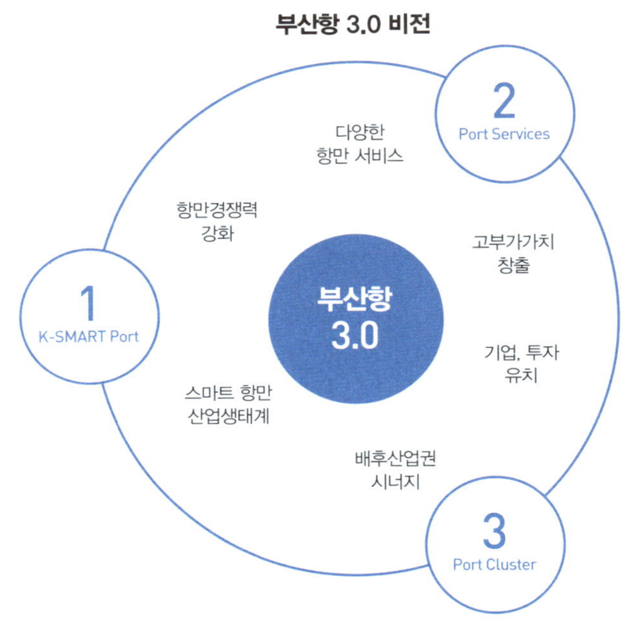

싱가포르를 넘어서는 '북극항로 기 · 종점 거점항만' 육성

세계 최대규모 K–스마트 항만 (K–Smart Port)	① 진해신항 개발로 현존 세계 최대 수준 '컨' 항만 조성 ② K–스마트 항만 산업생태계 조성 및 신기술 적용
항만서비스 경쟁력 강화 (Port Service)	① 대형선박 수리조선단지(민자) 유치 지원 ② 벙커링(LNG, 메탄올 등) 서비스 기능 확충 ③ 해상–항공운송 연계 및 AI 산업 적용
기업유치 확대 (Port Cluster)	① 글로벌 기업의 생산거점화를 위한 항만 클러스터 조성 ② 내륙부지의 항만배후단지 지정으로 물류부지 공급

개 선석이 새로 들어섭니다. 기존 부산항 신항과 합치면 총 60개 이상의 선석을 갖추게 됩니다. 현재 세계 2위인 상하이항이 54선석인데, 이를 넘어서는 '메가 포트(Mega Port)'가 탄생하는 것이죠.

하지만 더 중요한 것은 규모가 아니라 질입니다. 진해신항은 대한민국 기술로 만드는 'K-스마트 항만'입니다. 배에서 컨테이너를 내리는 안벽 크레인부터, 야적장까지 옮기는 무인이송장비(AGV)까지 모든 과정이 완전 자동화됩니다. 사람이 크레인에 올라가서 조종하는 항만이 아니라 AI와 5G 통신망이 제어하는 로봇 항만이라는 거죠.

이렇게 되면 항만은 24시간 365일 쉬지 않고 돌아갈 수 있습니다. 사고 위험은 크게 줄어들고 물류 처리 속도는 비약적으로 빨라집니다. 세계 어디에 내놓아도 뒤지지 않는 최첨단 물류 기지가 우리 앞바다에 들어서는 것입니다. 여기에 더해 진해신항 개발에 약 1조 3천억 원 규모의 항만 장비가 투입될 예정입니다. 국산 자동화 장비를 도입하는 다양한 유인책도 함께 마련될 계획입니다.

진해신항 배후에는 조선, 정밀기계, 방산 등 세계 최고 수준의 산업기반이 이미 자리하고 있습니다. 여기에 AI, 디지털트윈, 자율주행 기술이 결합되면서 K-스마트 항만을 중심으로 한 새로운 산업 생태계가 형성될 것입니다.

이것은 먼 미래의 꿈이 아닙니다. 2030년이면 첫 번째 스마트 부두가 문을 엽니다. 싱가포르 투아스(Tuas) 항만, 중국 상하이항과 어깨를 나란히 하고, 나아가 그들을 뛰어넘는 '초격차 물류 허브'가 우리 눈앞에서 현실로 다가오고 있습니다.

Q21. 부산항만공사가 '자율운항 선박 기술' 개발에 뛰어들었다는 기사를 봤습니다. 이 기술이 완성되면 우리 항만에는 어떤 이득이 있을까요?

자동차에 자율주행이 있다면 바다에는 '자율운항 선박'이 있습니다. 이는 이미 거스를 수 없는 세계적인 흐름입니다. 이런 변화의 흐름 속에서 이번 기술 개발은 단순히 새로운 장비 하나를 만드는 차원을 넘어, 다가오는 '자율운항 선박과 AI 시대'를 우리 부산항이 가장 먼저, 그리고 가장 스마트하게 준비한다는 점에서 큰 의미가 있습니다.

현재 바다를 다니는 배들은 주로 레이더나 선박위치정보(AIS)에 의존하고 있습니다. 하지만 이런 기존 장비들은 악천후나 짙은 바다 안개(해무), 야간 상황에는 인식률이 떨어지고 작은 부유물은 감지하지 못하는 한계가 있습니다. 이로 인해 충돌사고의 위험이 늘 존재해 왔습니다.

이에 따라 부산항만공사는 지난해 11월부터 캐나다의 전문 기업과 손잡고, 3년간 약 9억 6천만 원이 투입되는 '해상 AI 충돌회피 시스템' 개발에 착수했습니다. 파노라마 적외선 카메라를 활용한 센서 기술로 사람의 눈이나 레이더가 보지 못하는 악조건 속에서도 장애물을 정밀하게 찾아내는 것이 핵심입니다. 나아가 인공지능(AI)이 발견된 장애물을 분석해, 운항자에게 최적의 회피 경로를 제안하는 단계까지를 목표로 하고 있습니다.

이 기술이 완성되면 기대 효과는 분명합니다. 우선 안전성이 획기적으로 높아지겠죠. 안개가 끼거나 어두운 밤에도 새로운 눈이 되어, 부산항 인근은 물론 바다 위에서의 충돌사고 위험을 크게 낮출 수 있습니다. 동시에 산업 경쟁력이 강화됩니다. 이번 국제 공동 기술개발을 통해 확보된 성과는 자율운항 선박뿐만 아니라, 국내 연관 산업 전반의 기술력을 한 단계 끌어올리는 소중한 기반이 될 것입니다.

Q22. 이재명 정부의 핵심 키워드 중 하나가 AI입니다. 바다 위에서도 AI 선장이 배를 모는 '완전자율운항'의 시대, 과연 올까요?

네, 질문하신 대로 AI 선박의 시대는 먼 미래의 상상이 아니라 이미 우리 눈앞에 다가온 현실입니다. 이재명 정부가 강조하는 AI 강국의 비전은 바다 위에서도 '자율운항 선박'이라는 형태로 구체화되고 있습니다.

우리는 이미 '레벨 3' 수준의 기술을 손에 쥐고 있습니다. 해수부는 산업부와 함께 지난 2020년부터 1,603억 원을 투입해 기술 개발을 진행해 왔습니다. 그 결과 선원이 승선하지 않고도 원격제어가 가능한 '레벨 3' 수준의 핵심기술을 확보했지요. 실험실에서만 성공한 것이 아닙니다. 실제 1,800TEU급 컨테이너선을 활용해 거친 파도가 치는 국제항로에서 실증 운항을 하고 있을 정도로 우리 기술은 충분히 무르익었습니다.

하지만 여기서 멈추지 않습니다. 작년 11월, 우리는 또 하나의 결정적인 도약점을 마련했습니다. 사람의 개입이 전혀 없이 시스템이 모든 상황을 판단하고 운항하는 '레벨 4(완전 무인)' 단계로 가기

출처: 대한민국 청와대

전재수, 북극항로를 열다

위한 'AI 완전 자율운항 선박 기술개발 사업'의 예비타당성 조사 면
제를 확정 지은 것입니다.

이는 정부가 올해부터 본격적으로 예산을 투입해 바다 위의 테
슬라라 불리는 '완전 무인 선박' 시대를 앞당기겠다는 강력한 의지
를 보여준 것입니다. AI 자율운항 선박은 단순한 배가 아니라 '미래
해양 모빌리티의 핵심'입니다. 우리 조선·해운 산업이 이 기술을
선점하여 세계 바다의 표준을 주도할 수 있도록 국회 차원에서도
예산 확보와 입법 지원에 총력을 다하겠습니다.

Q23. 일본 이야기를 안 할 수가 없네요. 그들도 북극항로에 눈독을 들이고 있는데, 우리 부산항과 비교했을 때 일본 항만들의 경쟁력은 어떻게 평가하십니까?

냉정하게 평가하자면 글로벌 항만 경쟁이라는 측면에서 일본은
이미 탈락했습니다. 물론 일본도 제4차 해양기본계획에 북극항로
를 포함시키는 등 관심은 보이고 있습니다. 하지만 결정적으로 일

본에는 부산항이나 상하이항과 경쟁할 수 있는 '허브 항만'이 없습니다.

항만이라는 게 하루아침에 뚝 쌓는다고 되는 게 아니에요. 지난 수십 년간 투자를 소홀히 한 결과, 일본의 항만들은 국제 환적 허브로서의 기능을 상실했습니다. 자국 화물을 처리하는 '로컬 항만' 수준으로 전락한 겁니다. 부산항과 비교하면 인프라 격차가 너무 커요. 실제로 많은 일본 화물이 부산항으로 건너와서 환적되어 나가는 실정입니다.

그래서 일본은 전략을 수정했습니다. "항만으로는 안 되니 자원이라도 확보하자"라는 것으로요. 일본 기업들은 러시아의 사할린 LNG 가스전이나 북극해 유전 개발 프로젝트에 지분 투자를 많이 했습니다. 일본은 북극항로를 통해 싼값에 에너지를 들여오는 것에 만족하는 우회 전략을 쓰고 있는 것입니다.

일본의 전략 수정은 수치로도 확인됩니다. 일본은 항만 경쟁을 포기한 대신, 러시아의 '북극 LNG-2' 프로젝트에 10퍼센트, '사할린-2' 프로젝트에 22.5퍼센트의 지분을 확보하며 철저하게 에너지 실리를 챙기는 쪽으로 돌아섰습니다. 세계적 허브 항만이라는 플랫폼을 갖지 못한 국가가 선택할 수 있는 차선책입니다.

물류 주도권 싸움에서는 이미 부산항이 일본을 저만치 따돌렸습니다. 우리의 진짜 경쟁 상대는 중국 상하이항입니다. 상하이는 54 선석을 갖춘 막강한 거인이지만 국제 정세는 우리 편입니다. 러시아도 미국도 중국이 북극항로를 독점하며 팽창하는 것을 원치 않기 때문이지요. '중국 견제'라는 국제적 흐름 속에서, 부산항은 지정학적으로나 외교적으로나 상하이보다 훨씬 유리한 고지에 있습니다. 일본은 탈락했고 중국은 견제받는 지금, 바로 이때가 우리가 격차를 벌리고 해양강국으로 앞서 나갈 골든 타임입니다.

Q24. 미—중 패권 경쟁이 치열합니다. 고래 싸움에 새우 등 터질까 걱정도 되지만, 오히려 이 복잡한 국제 환경에서 부산항이 챙길 수 있는 반사이익도 있지 않을까요?

국제 정세가 참 묘하게 돌아가는데 이것이 또 부산항에는 기회가 되고 있습니다. 지금 미국과 중국이 치열한 패권 경쟁을 벌이면서 미국은 강력한 중국 봉쇄 전략을 쓰고 있습니다. 글로벌 공급망에서 중국을 배제하려는 움직임이 뚜렷하며, 유럽도 이에 동조하

는 분위기입니다.

이런 상황에서 글로벌 선사나 화주들은 중국 상하이항을 메인 허브로 이용하는 것을 껄끄러워하거나 리스크로 느낄 수 있습니다. 만약 상하이가 봉쇄되거나 제재를 받으면 물류가 마비되기 때문이죠.

그렇다면 대안이 어디겠습니까? 미국의 동맹국이자 자유무역 질서를 준수하고 항만 인프라가 완벽하게 갖춰진 대한민국의 부산항밖에 없습니다. 부산항은 정치적 리스크가 없는 가장 안전한 항구입니다.

러시아도 마찬가지입니다. 지금은 서방의 제재 속에 중국과 밀착하고 있지만, 전통적으로 러시아는 중국의 팽창을 경계해 왔습니다. 극동지역, 특히 블라디보스토크 바로 밑까지 중국의 영향력이 커지는 것을 원치 않습니다. 러시아에게도 중국보다는 한국과 손을 잡는 것이 전략적으로 훨씬 편안합니다.

결국 미·중 갈등이라는 거친 파도 속에서, 부산항은 세계에 가장 매력적이고 안전한 선택지가 되는 것입니다. 국제 질서의 흐름마저 상하이항보다는 부산항의 손을 들어주고 있습니다. 우리는 이 기회를 놓치지 말고 꽉 잡아야 합니다. 이것이 제가 부산항의 승리를 확신하는 또 하나의 강력한 근거입니다.

4장

조선업의 부활, 그리고
부산을 먹여 살릴 거대한 기회들

Q25. 북극항로엔 아무 배나 못 간다면서요? 그 까다로운 조건이 오히려 우리 조선업계에 '제2의 전성기'를 가져다준다는 게 사실입니까?

북극항로가 열린다는 것은 단순히 뱃길이 뚫리는 게 아닙니다. 바다 위를 달리는 선박의 판도가 완전히 뒤집힌다는 뜻입니다. 국제해사기구(IMO)는 이미 2024년 7월부터 북극 해역에서 탄소를 내뿜는 벙커C유 선박의 운항을 금지했습니다. 여기에 더해 얼음덩어리가 떠다니는 바다를 헤치고 나가려면 튼튼한 내빙(耐氷) 기능이 필수입니다.

자, 그럼 전 세계에서 이 까다로운 조건, 즉 '친환경 엔진'과 '특수 내빙 설계'를 완벽하게 갖춘 고부가가치 선박을 어느 나라가 제일 잘 만듭니까? 바로 대한민국입니다. 중국의 물량 공세가 아무리 거세도, 기술력만큼은 부산·울산·거제로 이어지는 우리 조선 벨트를 따라올 수 없습니다.

이미 시장은 반응하고 있습니다. 부산항에 입항하는 LNG 추진선의 수는 매년 증가하고 있습니다. 북극항로가 본격화되면 전 세게 해운사들이 낡은 배를 폐기하고 우리 조선소에서 새 배를 주문하기 위해 줄을 설 것입니다. 조선소 도크가 꽉 차서 밤낮없이 용접 불꽃이 튀는 '제2의 조선업 르네상스'는 결코 꿈이 아닙니다. 이것은 우리 기술력이 만들어낼 예정된 미래입니다.

친환경 선박의 기술 트렌드는 LNG를 넘어 메탄올, 암모니아, 그리고 궁극적으로는 '수소 선박'으로 가고 있습니다. 이 거대한 에너지 전환의 속도를 따라잡고 주도할 나라도 역시 한국입니다. 북극항로가 열리는 시점에는 이런 차세대 선박들이 주력 운송 수단이 될 텐데, 이는 단순한 선박 건조를 넘어 엔진, 연료 탱크, 제어 시스템 등 고도의 기술이 집약된 조선기자재 산업의 동반성장을 의미합니다.

또한 배 한 척을 만드는 데는 철강부터 시작해서 금융, 보험, 설계 소프트웨어까지 수많은 전후방 산업이 연결됩니다. 예를 들어 선박을 수주하면 선수금 환급 보증(RG) 같은 금융 지원이 필수적이지요. 즉, 조선업의 부활은 부산의 금융, 창원의 기계, 포항의 철강 산업이 다 같이 돌아가는 거대한 낙수효과를 가져옵니다. 북극항로라는 거대한 수요가 우리 동남권 제조업 벨트 전체에 활력을 불어넣는 펌프 역할을 하게 되는 것입니다.

Q26. 정부의 탄소 감축 목표가 상당히 도전적입니다. 바다를 책임지는 해수부의 수장으로서 이 어려운 숙제를 구체적으로 어떻게 풀어내셨는지요?

해양수산 분야에서 탄소 감축은 단순한 환경 보호 캠페인이 아니라 우리 해운·항만 산업의 생존이 걸린 경제 문제입니다. 국제 규제를 맞추지 못하면 우리 배가 외국 항구에 들어갈 수 없고, 글로벌 기업들이 우리 항만을 외면하는 시대가 왔기 때문입니다. 아주 막중한 과제이자 반드시 가야 할 길입니다.

파리협정에 따라 전 세계가 지구 온도 상승을 1.5도 이하로 막기 위해 사활을 걸고 있습니다. 우리 정부 역시 2035년까지 2018년 대비 최소 53퍼센트에서 최대 61퍼센트 감축이라는 매우 도전적이고 진전된 목표를 세웠죠. 저 또한 해수부 장관 시절 이 목표 달성을 위해 바다에서 탄소를 '덜 배출하고' 또 '더 흡수하는' 두 가지 축에 집중했습니다.

첫째, 탄소 배출을 줄이기 위해 산업의 체질 개선에 주력했습니다. 기존의 경유 선박을 LNG나 암모니아 같은 저탄소·무탄소 선박으로 전환하도록 했습니다. 수산 현장에서는 어선의 노후기관을 교체해주고, 양식장의 전기 사용을 효율화하는 등 에너지 절감을 통해 탄소 배출을 줄여 나가는 구조를 만들고자 했습니다.

둘째, '탄소 흡수원(블루카본)의 확대'입니다. 바다는 지구상에서 가장 큰 탄소 저장고입니다. 우리는 바다숲을 조성해 탄소를 흡수하게 하는 데 그치지 않고 우리 갯벌과 해조류가 국제적인 온실가스 흡수원으로 인정받을 수 있도록 외교적 노력을 기울여 왔습니다.

기존의 국제사회는 맹그로브나 염습지, 해초대 등만 흡수원으로 인정해 왔습니다. 하지만 해수부의 지속적인 노력 끝에 2025년 10월에 개최된 제63차 유엔 기후변화에 관한 정부 간 협의체(IPCC) 총회에서 갯벌과 해조류를 신규 흡수원 개발 항목으로 승인받는 쾌거를 이뤘습니다.

이제 기틀은 닦였습니다. 우리 바다가 기후 위기를 막아내는 거대한 탄소 흡수 저장고로서 제 몫을 다하고, 나아가 국가 온실가스 감축 목표(NDC) 달성의 일등 공신이 될 수 있도록 국회에서도 계속해서 힘을 실어 줄 생각입니다.

Q27. '과학기술 중심지 부산', 표현은 근사한데 체감적으로 와닿진 않습니다. 시민의 일상은 구체적으로 어떻게 스마트해질까요?

북극항로 시대에 부산은 단순한 항구도시를 넘어 대한민국을 이끄는 해양 과학기술의 심장으로 완전히 새롭게 태어날 것입니다.

부산은 이미 그럴 자격과 기반을 완벽하게 갖추고 있습니다. 한국해양과학기술원, 국립해양조사원, 국립수산과학원 등 국내를 대표하는 해양 연구 기관들이 모여 있고, 한국해양대와 부경대 등 우수한 대학들이 밀집해 있어 최적의 연구 생태계가 조성되어 있습니다. 여기에 세계적 수준의 항만 인프라와 조선 산업 역량까지 더해져, 북극항로 시대의 필수 조건인 'R&D-물류-조선'의 3박자를 모두 갖춘 도시입니다. 이런 조건을 구비한 곳은 국내에서 부산이 유일합니다.

정부의 지원 의지 또한 강력합니다. 2026년 기준 해양수산부의 R&D 예산은 9,478억 원에 달합니다. 이 막대한 예산은 기후 변화 대응, 친환경 자율운항 선박, 극지, 해양생명바이오 등 미래 먹거리 확보에 집중적으로 투자되고, 연구 장비를 공동으로 활용하는 시스템을 갖춰 나가는 데 쓰일 겁니다.

그렇다면 시민들의 삶은 어떻게 바뀔까요? 체감할 수 있는 변화를 키워드로 요약하자면 '스마트', '그린(녹색)', '일자리(기회)'가 되겠습니다.

첫째, 미래를 가장 먼저 만나는 '스마트 부산'이 펼쳐집니다. 북극항로의 극한 환경인 얼음과 안개를 뚫고 가기 위해서는 고도의 자율운항 기술과 원격 관제 기술이 필수인데, 이 기술들이 바로 부산 앞바다에서 실증될 테니까요. 앞으로 시민 여러분은 해안가 산책로에서 스스로 움직이는 자율운항 선박을 보고, 항만 상공에서는 화물을 검수하는 드론이 날아다니는, 부산만의 독특하고 미래지향적인 풍경을 일상적으로 마주하게 되실 겁니다.

둘째, 공기부터 다른 '녹색 도시'로 거듭납니다. 북극해 운항을 위해서는 강력한 국제 환경 규제를 맞춰야 합니다. 이에 따라 벙커 C유를 때던 선박들이 그린 메탄올이나 그린 암모니아 같은 친환경 연료 선박으로 보편화될 것입니다. 부산항에 친환경 연료 벙커링 인프라가 구축되면, 기존 선박들이 내뿜던 매연(황산화물, 질소산화물 등)이 획기적으로 줄어들어 항만 인근 지역의 대기질이 눈에 띄게 개선되는 것을 피부로 느낄 수 있을 것입니다.

셋째, 청년에게 열린 '기회의 도시'가 됩니다. 얼음 바다를 누비는 '극지 해기사', 바다의 빅데이터를 다루는 '해양 데이터 분석가', '드론 운용 전문가', '자율운항 시스템 연구원' 등 이전에는 없던 새로운 직무의 수요가 급증할 텐데, 이러한 첨단 일자리들이 부산 지역의 대학생과 청년에게 R&D 연구소, 공공기관, 첨단 해운업 등으로 진출할 수 있는 양질의 취업 문을 활짝 열어 주리라 믿습니다.

Q28. 항만을 '고속도로 휴게소'에 비유하셨던데, 배들이 짐만 내리고 가는 게 아니라 부산에서 돈을 펑펑 쓰고 가게 만든다는 '휴게소 전략'의 정체가 궁금합니다.

제가 부산항을 '고속도로 휴게소'에 비유하는 분명한 이유가 있습니다. 우리가 고속도로를 달리다가 휴게소에 왜 들릅니까? 기름도 넣고, 밥도 먹고, 화장실도 가고, 쇼핑도 하지 않습니까? 지금 부산항은 어떻습니까? 배들이 짐만 내리고(환적) 그냥 떠납니다. '돈 쓸 곳'이 없기 때문입니다.

단적으로 '선용품' 시장이 있습니다. 배 안에서 쓰는 엔진 부품부터 선원들이 먹을 식자재, 휴지, 마대 자루까지 공급하는 사업인데, 싱가포르 항만은 취급 품목이 무려 2만 개나 됩니다. 그런데 우리 부산항은 고작 2천 개 수준이에요. 10분의 1도 안 되는 겁니다. '벙커링(연료 주입)'도 마찬가지입니다. 북극으로 가는 배들은 부산에서 기름을 가득 채워야 합니다. 중간에 주유소가 없으니까요. 그런데 우리는 아직 친환경 연료(LNG, 메탄올) 벙커링 시설이 부족해서 배들이 연료를 넣으러 다른 항구로 가야 합니다.

이 문제를 해결하기 위해 동남투자공사가 전면에 나서야 합니다. 기존 시장에만 맡겨두면 영세한 업체들끼리 제 살 깎아먹기 경쟁만 하다가 끝나고 말 테니까요. 정부 주도의 동남투자공사가 50조 원의 재원을 바탕으로 선용품 시장을 대형화·전문화하고 수리 조선 단지를 대대적으로 확충해야 합니다. 싱가포르처럼 배가 들어오면 수리부터 보급, 연료 주입까지 원스톱으로 해결할 수 있는 시스템을 갖춰야 합니다.

특히 북극항로를 운항하는 선박들은 극한의 추위를 견뎌야 하므로 일반 항로보다 더 자주, 더 정밀한 장비 점검과 부품 교체가 필요합니다. 부산항이 단순히 짐만 옮기는 정거장을 넘어, 선박에 생명력을 불어넣는 '종합 서비스 기지'로 거듭난다면, 여기서 창출되는 브가가치는 물류비 수익을 훨씬 뛰어넘겠죠. 이것이 바로 배들이 부산항에 와서 기꺼이 지갑을 열게 만드는 '고속도로 휴게소' 전략의 진짜 핵심입니다.

Q29. 북극항로가 열리면 부산항이 최대 수혜지가 될 것으로 보이는데, 부산 혼자서 이 물동량을 다 감당할 수 있을까요?

부산항이 그 많은 물동량을 다 감당하기란 결코 쉽지 않은 일입니다. 배의 종류가 워낙 다양하기 때문입니다. 컨테이너선도 오지만 원유, 가스, 철광석, 곡물을 실은 벌크선도 쏟아져 들어옵니다. 그래서 저는 항만별 역할 분담을 통해 한반도 남단을 하나의 거대한 '북극항로경제권역'으로 묶으려 합니다.

부산항은 세계적인 경쟁력을 바탕으로 컨테이너와 환적 화물을 전담합니다. 울산항은 지금도 액체 화물 처리 국내 1위입니다. 북극에서 오는 원유와 LNG를 처리하고 저장하는 에너지 허브가 됩니다. 포항 영일만항과 광양항은 제철소와 산업단지가 배후에 있으니 철광석, 원자재, 벌크 화물을 맡습니다. 그리고 창원은 배후 산업단지에서 선박 엔진과 조선기자재를 생산해 공급하는 제조 기지 역할을 합니다. 이렇게 항만별로 특화하면 불필요한 경쟁을 없애고 압도적인 시너지를 낼 수 있습니다. 더 중요한 것은 이 항만들의 배후에 있는 국가산업단지들의 존재인데요, 부산 녹산, 울

북극경제권 유발 산업 수요와 동남권 인프라

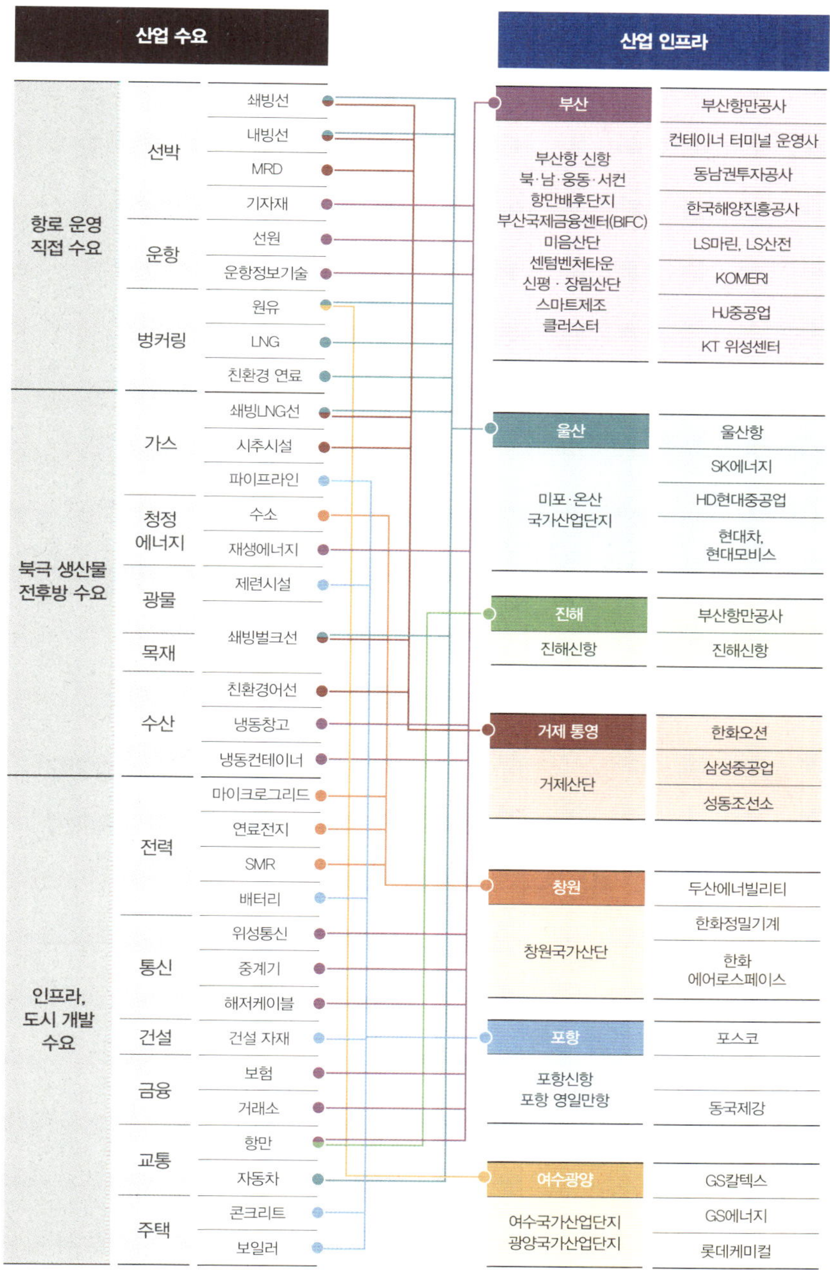

자료: 해양수산부

산 미포·온산, 창원 국가산단 등 부울경 4개 산단이 대한민국 전체 국가산단 수출액의 절반 이상을 담당하고 있습니다.

북극항로가 열리면 이 산단들이 생산한 제품을 가장 빠르게 유럽으로 보낼 수 있고 북극의 자원을 가장 싸게 들여와 가공할 수 있습니다. 즉, 항만 물류가 배후 제조업의 경쟁력을 높이고, 다시 제조업이 물동량을 창출하는 선순환 구조가 완성되는 것이죠. 여수·광양에서 진해·부산·울산·포항까지 이어지는 남동해안 벨트가 거대한 경제 공동체로 묶여 함께 성장하는 것, 이것이 바로 제가 꿈꾸는 북극항로경제권역의 완성된 모습입니다.

Q30. 부산 신항에 수리조선 단지가 조성되면 여기서 미군 함정도 수리할 수 있다. 상상만 해도 규모가 엄청날 것 같은데, 이 MRO(유지·보수·정비) 시장은 우리에게 왜 기회일까요?

이 시장은 정말 블루오션 중의 블루오션입니다. 지금 미국 해군은 전 세계 바다를 지키고 있지만 정작 함정을 수리할 조선소가 부족해서 쩔쩔매고 있습니다. 심지어 태평양을 담당하는 함정들이 수리할 곳이 없어서 멀리 본토까지 간다든가 필리핀의 수빅 조선소까지 가서 보안 장비를 다 떼어내고 수리를 받는 비효율을 겪고 있죠. 미군 함정의 약 30퍼센트가 제때 수리를 못 해 작전 투입이 어렵다는 보고까지 있습니다.

여기서 우리의 기회가 생깁니다. 부산 신항 남측에 대규모 수리 조선 단지를 조성하고 있는데, 세계 최고의 조선 기술을 가진 우리가 "미군 함정, 여기서 고쳐 줄게"라고 하면 미국이 마다할 이유가 있을까요. 한미 동맹 차원에서도 미국의 안보 공백을 메워 주는 아주 중요한 기여가 될 겁니다. 이 MRO(유지·보수·정비) 시장은 단순히 배를 고치는 게 아니라 부품 교체, 성능 개량까지 포함하는 거대한 고부가가치 산업입니다. 미군 함정뿐만 아니라 우리 해군 함정, 해경 경비함, 그리고 북극항로를 다니는 수많은 상선이 부산에 와서 수리를 받게 될 것입니다. 배를 '만드는' 신조 시장은 중국이 추격해 오고 있지만, 배를 '관리하는' MRO 시장은 기술력과 신뢰도가 핵심입니다. 이 시장을 우리가 석권한다면 조선업의 부가가치는 몇 배로 뛸 것입니다.

그저 감나무 밑에 앉아 감 떨어지기만 기다릴 수는 없습니다. 우리는 이미 산업통상자원부와 협의하여 미국 측에 아주 구체적인 제안을 던져 놓았습니다. 미국 정부가 자국 조선업 재건을 위해 쏟아붓는 1,500억 달러, 우리 돈으로 200조 원이 넘는 'MASGA' 프로젝트 재원 중 일부를 한국의 수리조선 단지에 투자하라는 것입니다. 미국 입장에서도 자국에서 해결 안 되는 수리 물량을 동맹국인 한국이, 그것도 세계 최고의 기술로 해결해 주겠다는데 마다할 이유가 없습니다. 이것은 단순한 하청이 아니라 한미 동맹을 군사 동맹에서 '조선·해양 동맹'으로 확장시키는 전략적 승부수입니다.

또한 이 시장은 한 번 뚫으면 수십 년간 안정적인 수익이 보장되기에 아주 매력적인 시장입니다. 군함은 한 번 건조하면 30년 이상 씁니다. 그 기간 내내 수리와 정비가 필요하겠죠. 게다가 미 해군 함정을 수리한다는 것은 우리 기술력과 보안 능력을 전 세계에 인증받는 것과 같아요. 이렇게 쌓인 신뢰는 전 세계 상선들의 수리 물량까지 부산으로 끌어오는 마중물이 될 것입니다.

부산 신항 수리조선 단지가 아시아를 넘어 태평양의 '선박 종합 병원'이 되는 미래, 이것이 제가 꿈꾸는 MRO 시장의 진짜 잠재력입니다.

Q31. 하늘길, 바닷길, 땅길이 부산에서 하나로 만납니다. 이 '트라이포트'가 완성되면 물류의 흐름은 어떤 시너지를 내게 될까요?

가슴이 웅장해지는 상상을 한번 해보십시오. 바다에는 부산항, 하늘에는 가덕신공항, 땅에는 유라시아로 뻗어가는 철도가 있습니다. 이 육·해·공 세 길(Tri-port)이 부산이라는 한 점에서 만납니다. 이게 왜 중요하냐고요? 요즘은 반도체, 바이오 의약품, 신선식품 같은 고부가가치 화물이 많습니다. 이런 물건들은 배로만 나를 수 없습니다. 속도가 경쟁력이기 때문입니다. 배로 부산항에 들어온 원자재를 가공해서 바로 옆 가덕신공항에서 비행기에 실어 전 세계로 쏘아 올리는 '씨앤에어(Sea & Air)' 복합 물류가 가능해집니다.

지금은 김해공항이 좁고 밤에 비행기가 못 떠서 이런 화물들이 다 인천공항으로 갑니다. 물류비가 이중으로 들지요. 하지만 가덕신공항이 열리고 트라이포트가 완성되면 이야기는 달라집니다. 부산항에 도착한 화물이 철도를 타고 내륙으로 또는 공항을 통해 하늘로 즉시 연결되는 것이죠.

특히 반도체나 바이오 같은 첨단산업은 항공 물류가 필수입니다. 가덕신공항이 제대로 기능하면 수도권에만 몰려 있던 첨단 기업들이 물류비 절감을 위해 부산·경남으로 이전할 명분이 생깁니다. 물류가 흐르면 길이 뚫리고, 길이 뚫리면 산업이 일어납니다. 트라이포트는 부산·울산·경남을 하나의 거대한 경제권으로 묶어 주는 혈관이자 대한민국 경제를 다시 뛰게 할 대동맥이 될 것입니다. 제가 꿈꾸는 해양수도권의 완성된 미래입니다.

'물류가 길을 만든다'는 말이 있습니다. 트라이포트가 구축되면 단순히 화물만 오가는 게 아니라 부·울·경이 하나의 거대한 경제 공동체로 묶이게 됩니다. 부산항과 가덕신공항을 잇는 철도와 도로망이 촘촘하게 깔리면 부산에서 창원, 울산까지 이동 시간이 획기적으로 단축돼 '동남권 1시간 생활권'이 현실화됩니다. 물류를 위해 뚫은 길이 사람과 돈이 도는 혈관이 되는 것이죠. 수도권에 GTX가 있다면 우리에겐 트라이포트가 그 역할을 하게 될 것입니다.

이 시너지는 제조업의 고도화로 이어집니다. 반도체나 바이오 같은 첨단산업은 항공 물류 없이는 들어설 수 없습니다. 그동안 부·울·경에 첨단 기업 유치가 어려웠던 이유가 바로 24시간 운영되는 공항의 부재 때문이었는데, 가덕신공항이 생기고 항만과 직결되면, 수도권에만 몰려 있던 첨단 기업들이 물류비 절감을 위해

제 발로 찾아올 명분이 생기는 것이죠.

트라이포트는 굴뚝 산업 중심이던 동남권 경제를 첨단산업 기지로 탈바꿈시키는 '산업 혁명의 기폭제'가 될 것입니다.

Q32. 해수부의 부산 이전으로 가덕신공항이나 신항만 개발도 더 빨라질까요? 시민들의 '걱정 반 기대 반'을 '확신'으로 바꿀 비전이 듣고 싶습니다.

거듭 강조하지만 부산의 미래는 '트라이포트'의 완성에 달려 있습니다. 부산 시민 여러분께서 의구심을 갖고 지켜보시는 그 거대한 비전이 해수부 이전을 시작으로 어떻게 완성되는지 구체적인 수치와 사례로 말씀드리겠습니다.

먼저 항만의 규모입니다. 우리는 갈수록 거대해지는 선박과 폭발적으로 늘어나는 물동량을 감당하기 위해 부산항을 세계 최대 수준의 항만으로 조성하려 합니다. 현재 부산항 신항과 개발 중인 진해신항이 모두 완성되면 선석 수(배를 댈 수 있는 공간)는 현재 40

해양 중심, 부산
해수부 이전으로 여는 글로벌 해양강국의 길
전재수
해양수산부
장관

개에서 총 66개로 늘어나 세계 1위 규모가 됩니다. 선석 길이 또한 현재 18.8킬로미터에서 25.5킬로미터로 늘어나 세계 2위 수준의 인프라를 갖추게 됩니다. 가장 중요한 것은 물동량 처리 능력입니다. 현재 연간 약 2,100만 TEU 수준인 하역 능력이 약 4,000만 TEU(39,658,000TEU)로 2배 가까이 성장하게 됩니다. 특히 진해신항은 수심이 23미터에 달해 초대형 선박도 제약 없이 드나들 수 있으며 완전 자동화 시스템을 도입한 스마트 항만으로 건설됩니다.

하지만 덩치만 키운다고 되는 것이 아닙니다. 핵심 전략은 바로 '씨앤에어(Sea & Air)' 복합 운송 체계 구축입니다. 씨앤에어란 해상 운송의 저렴한 비용과 항공 운송의 신속성을 결합한 고부가가치 물류 시스템입니다. 예를 들어 중국이나 동남아에서 생산된 화물을 배로 부산항까지 싣고 와서 가덕신공항을 통해 미주나 유럽으로 빠르게 항공 배송하는 방식입니다.

이미 물류 선진국들은 이 방식으로 재미를 보고 있습니다. 싱가포르는 전체 화물의 약 42퍼센트를 이러한 복합 운송으로 처리하며 막대한 부가가치를 창출하고 있죠. UAE의 두바이 역시 중동 최대 항만인 제벨알리항과 알막툼 국제공항을 연계해 사막 위에 세계적인 물류 허브를 건설했고요. 네덜란드 또한 해상·철로·육로를 촘촘히 연결해 유럽의 물류 심장이 되었습니다.

우리 부산도 충분히 가능합니다. 아니, 더 잘할 수 있습니다. 가덕신공항과 세계적인 부산항 신항이 바로 옆에 붙어있기 때문입니다. 여기서 해양수산부 부산 이전은 이 모든 계획을 현실로 만드는 결정적인 한 수가 되었습니다. 항만과 공항을 연계하려면 국토부, 해수부, 관세청 등 수많은 부처의 조율이 필요한데 컨트롤 타워인 해수부가 현장에 있으면 의사결정 속도가 비약적으로 빨라집니다. 현장의 병목 현상을 실시간으로 파악하고 즉각 해결할 수 있는 것이죠. 이것이 바로 '통합 거버넌스'의 힘입니다.

결론적으로 해수부의 부산 이전 이후의 비전은 부산을 단순한 항구도시가 아닌, 홍콩과 싱가포르를 뛰어넘는 '글로벌 물류 클러스터'로 만드는 것입니다. 배에서 내린 짐이 비행기로, 기차로 막힘없이 흐르는 세계 물류의 심장. 그 벅찬 미래가 현실이 되는 것도 머지않았습니다.

Q33. 결국 중요한 건 일자리입니다. 북극항로가 열리면 부산 청년들이 서울로 떠나지 않아도 될 만큼 '질 좋은 일자리'가 많이 생겨날까요?

아주 중요한 질문입니다. 북극항로가 열린다는 것은 부산 청년들에게 단순히 취업의 문이 넓어지는 것을 넘어, '일자리의 질'이 완전히 달라진다는 것을 의미합니다. 크게 두 가지 측면에서 기회가 생깁니다.

첫째, '고도의 전문성을 갖춘 해양 전문 인력'에 대한 수요가 폭발적으로 증가할 것입니다. 항로가 단축되고 물동량이 늘어나면 전통적인 해운·물류 분야는 물론이고, 얼음 바다를 헤쳐 나가는 극지 운항 기술, 특수 선박인 쇄빙선 건조, 그리고 선박 매매와 투자를 다루는 해양 금융 등 고도의 전문성을 요구하는 신규 일자리들이 대거 생겨납니다. 또한 친환경 선박에 연료를 공급하는 'LNG 벙커링'이나 '해양 R&D' 분야 같은 새로운 산업 거점이 조성됨에 따라, 우리 청년들은 부산에서 미래 기술을 다루는 미래지향적인 경력을 쌓을 수 있지요. 부산이 북극항로의 글로벌 거점이 되면 굳이 외국에 나가지 않아도 이곳에서 국제적인 경력을 쌓는 기회를 잡게 될 것입니다.

둘째, '지역 경제 전반의 동반성장'에 따른 혜택입니다. 해수부 이전과 북극항로 개척은 조선업과 물류 서비스, 그리고 이와 관련된 소·부·장(소재·부품·장비) 산업의 동반성장을 견인합니다. 특히 부산을 중심으로 해양금융복합타운, 해양행정타운, 해양특화 산업단지가 조성되면 이곳은 단순한 공단이 아니라 '첨단 해양 신산업의 거점'으로 발돋움하게 됩니다.

부산이 아시아와 북극을 잇는 '핵심 노드(Node)'이자 글로벌 물류 허브로서 확고히 자리하게 되면 도시는 지속 가능한 발전 동력을 얻고, 그 과실은 고스란히 지역 청년의 양질의 일자리로 돌아가게 될 것입니다. 이것이 제가 확신하는 '청년과 바다'가 어우러진 부산의 미래입니다.

Q34. 백문이 불여일견이라는데, 바다를 꿈꾸는 우리 청소년들이 교실 밖에서 북극을 직접 체험해 볼 기회가 마련되어 있나요?

네, 물론입니다. 북극을 책으로만 배우는 것과 직접 눈으로 보고 체험하는 것은 천지 차이겠지요. 미래 세대인 여러분이 북극을 직접 경험하고 꿈을 키울 수 있도록 해양수산부 산하 극지연구소에서는 '청소년 북극연구체험단(21C 다산주니어)' 프로그램을 운영하고 있습니다.

이 프로그램은 매년 전국의 고등학생 연령대 청소년 4명을 선발하여 북극에 있는 '다산과학기지'를 직접 방문할 기회를 제공하는 아주 특별한 연수 과정입니다. 작년에는 4월에서 6월 사이에 선발 과정을 거쳐, 여름방학 기간인 7월 말에서 8월 초에 북극으로 파견되었습니다.

선발된 대원들은 단순히 견학만 하는 것이 아닙니다. 북극의 빙하와 생태계를 직접 실험하고 관측하는 연구 활동을 수행합니다. 특히 다산기지가 위치한 노르웨이 니알슨(Ny-Ålesund) 기지촌에는 세계 각국의 연구소가 모여 있는데, 이곳에서 외국 기지를 방문하고 해외 과학자들과 교류하며 글로벌 감각을 익힐 수 있습니다.

이 프로그램은 부산을 포함한 전국의 모든 청소년에게 열려 있습니다. 해양수도 부산의 청소년들이 이 기회에 적극적으로 도전하여 쇄빙선을 타고 북극항로 시대를 이끌어 갈 미래의 주역으로 성장하기를 진심으로 응원합니다.

Q35. 북극항로가 전문가들만의 이야기는 아니겠지요? 일반 시민이나 아이들도 쉽고 재미있게 이 새로운 바닷길을 배워 볼 방법이 있을까요?

물론이죠, 북극항로가 아무리 거대한 기회라 해도 국민의 관심과 이해 없이는 성공할 수 없습니다. 다행히 한국해양수산연수원이 이 점을 깊이 공감하고, 교육의 문턱을 대폭 낮추어 시민 여러분을 맞이할 준비를 하고 있어 참 반갑게 생각합니다.

연수원이 마련하고 있는 교육 프로그램은 크게 이론과 실습의 두 가지입니다.

첫째, 누구나 쉽게 듣는 북극항로 교양 수업이 열립니다. 사실 그동안 연수원은 거친 바다와 싸워야 하는 항해사들을 위한 전문 훈련 기관이었지요. 일반인이 접근하기엔 전문적이고 딱딱할 수밖에 없었습니다. 그런데 이제는 발상을 전환해 북극항로가 왜 중요한지, 얼음 바다를 헤쳐 가는 게 얼마나 어려운 도전인지, 그리고 이것이 기후변화와는 어떻게 연결되는지를 시민 눈높이에서 아주 쉽고 재미있게 풀어 줍니다. 지금은 유관기관 직원을 대상으로 우선 교육 중이지만, 곧 일반 시민분들에게도 전면 개방한다고 하니 저도 기대가 큽니다.

둘째, 아이들이 환호할 '최신 시뮬레이터 체험(가상현실)'이 찾아옵니다. 국내 유일의 쇄빙선인 '아라온호'의 선장이 되어 가상으로 북극해를 누빌 수 있습니다. 단순히 화면만 보는 게 아닙니다. 두꺼운 얼음을 깨고 나아가거나, 빙하에 갇힌 조난 선박을 구해내는 긴박한 상황을 시뮬레이터를 통해 생생하게 체험할 수 있습니다.

딱딱한 강의실이 아니라 아이들이 직접 만지고 느끼며 바다에 대한 꿈을 키울 수 있는 열린 놀이터가 되는 것. 한국해양수산연수원이 그리는 이 멋진 변화가 우리 아이들에게 잊지 못할 추억을 선물하고, 미래의 북극항로를 미리 경험하고 꿈을 키울 수 있는 교육의 장이 되기를 기대해 봅니다.

제2부
전재수, 부산의 미래를 열다

말뿐인 구호에 그치던 해양수도를 실질적으로 완성하기 위해 저는 해수부 개청 30주년이자 부산항 개항 150주년이 되는 2026년을 '해양수산부 부산시대'의 원년으로 삼았습니다.

해양수산부 부산 이전을 위한 행정적 기반을 마련하고 부처 간 협의를 끌어내는 데 진력한 것은 부산을 명실상부한 해양수도로 만들기 위한 정책적 방향이었습니다. 진정한 해양수도는 돈과 사람이 모이는 도시여야 하기에 매출 12조 규모의 HMM을 비롯한 해운 대기업 본사의 부산 집적을 뒷받침하며 실질적인 해양 경제 생태계를 구축하고자 노력했습니다.

또한 50조 원 규모의 동남투자공사와 해사전문법원 설립을 위한 입법적 · 행정적 토대를 다지는 데 모든 정성을 쏟았습니다. 투자가 일어나고 법적 분쟁까지 해결되는 구조를 통해, 부산을 단순한 항구도시를 넘어 해양수도로 격상시키는 정책적 가능성을 모색해 왔습니다. 이러한 정책적 노력은 이미 현장에서의 응답으로 이어지고 있습니다. 국립한국해양대학교와 부경대의 입시 경쟁률 상승은 우리 학생들이 먼저 부산의 미래 가능성을 신뢰하고 있다는 소중한 지표입니다. 부산이 청년들이 기회를 찾아 머무를 수 있는 실질적인 해양수도권의 중심으로 거듭나는 것, 이것이 일꾼 전재수가 시민과 함께 끝까지 책임지고 실천해 나가야 할 지상의 과제이자 멈출 수 없는 약속입니다.

해양수도, 왜 부산이어야 하는가

북극항로가 열린다는 사실보다 더 중요한 질문이 있습니다. "그 래서 그 열린 바닷길이 우리에게 어떤 의미인가?" 그리고 "왜 그 중심이 반드시 부산이어야 하는가?"입니다.

이 질문에 대한 답은 단순히 '부산이 항구도시니까'라는 차원을 넘어섭니다. 이것은 변화하는 세계 지형 속에서 대한민국이 살아 남기 위해 선택해야 할 가장 정교하고도 필연적인 전략입니다.

첫째, 지도를 거꾸로 보면 부산의 운명이 보입니다. 지금까지 부 산은 한반도의 남쪽 끝, 대륙의 막다른 종착지였습니다. 하지만 북 극항로 시대가 열리면 지도의 중심축이 바뀝니다. 북극해를 타고 내려오는 배들이 태평양과 만나 가장 먼저 닻을 내리는 곳, 바로 부산입니다. 자료를 종합하면 북극항로상에서 우리나라는 명백한 '시·종착점(Gateway)'에 해당합니다. 싱가포르와 홍콩에서 넘어오

북극항로 위의 한국과 부산, 동남권

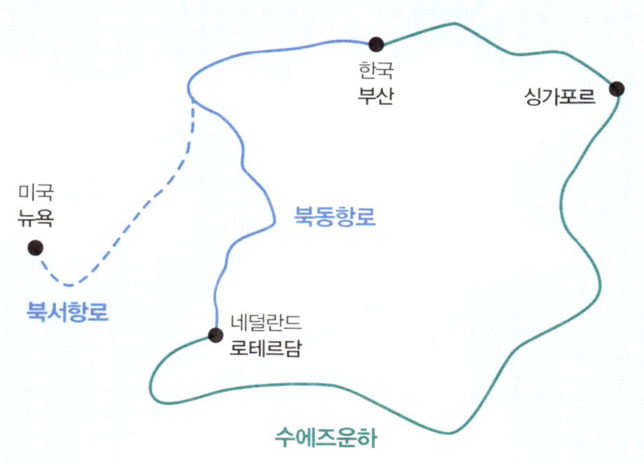

북극항로상에서 우리나라는 시·종착점에 해당한다

는 물동량이 북극으로 향하기 위해 숨을 고르는 곳이자, 유럽과 북미에서 북극을 넘어온 화물이 아시아 전역으로 흩어지는 환승역이 바로 부산입니다. 부산은 더 이상 변방의 항구가 아니라 유라시아 동쪽의 현관문이자 세계 물류의 '환승 센터'가 될 지정학적 운명을 타고났습니다.

둘째, 부산에는 세계 최강의 '제조업 러닝메이트'들이 있습니다.

항구 혼자서는 해양수도가 될 수 없습니다. 배가 다니려면 그 배를 만들고(조선), 고치고(수리), 기름을 넣고(벙커링), 싣고 온 자원을 가공할 산업 시설이 필요합니다. 부산 주변을 보십시오. 세계 1위의 조선 기술을 가진 거제, 에너지와 자동차 산업의 수도 울산, 기계와 방위산업의 메카 창원, 그리고 철강의 도시 포항이 부산을 병풍처럼 감싸고 있습니다. 이 거대한 '동남권 제조업 벨트'는 북극항로가 요구하는 쇄빙선, 조선기자재, 에너지 운송, 플랜트 건설 수요를 완벽하게 소화할 수 있는 포트폴리오를 갖추고 있습니다. 부산이 금융과 물류, 행정의 거점이 되고 인근 도시들이 생산 기지가 되는 이 강력한 시너지는 전 세계 어느 항만 도시도 흉내낼 수 없는 우리만의 독보적인 경쟁력입니다.

셋째, 기울어진 운동장을 바로잡을 유일한 무게추입니다. 지금 대한민국은 수도권이라는 하나의 엔진에만 의존하여 위태롭게 날고 있습니다. 국토의 11.8퍼센트에 불과한 수도권에 인구의 절반 이상이 몰려 있고, 100대 기업 본사의 90퍼센트가 집중되어 있습니다. 이 과밀과 비효율은 국가 경쟁력을 갉아먹고 지방은 소멸의 공포에 떨고 있습니다. 이 흐름을 되돌릴 수 있는 유일한 대안은 '서울 공화국'에 맞설 수 있는 또 하나의 강력한 축, 바로 '해양수도권'을 건설하는 것입니다. 대류 지향적인 수도권과 해양 지향적인 부·울·경이 양 날개가 되어야 대한민국 경제는 다시 비상할 수 있습니다.

해양수도 부산 구상은 단순히 부산을 잘살게 하자는 지역 이기주의가 아닙니다. 북극항로라는 거대한 기회의 파도가 밀려올 때 그 파도를 탈 수 있는 가장 튼튼한 배가 바로 부산이기 때문입니다. 준비된 도시 부산이 뱃머리를 북쪽으로 돌립니다.

대한민국의 새로운 성장이 바로 이곳, 부산 앞바다에서 시작됩니다.

대한민국의 새 동력
일극 체제에서 다극 체제로 전환

1장

꺼져가는 엔진,
'해양수도 부산'이 다시 불을 붙이다

Q1. 수도권이란 엔진은 식어가고 있습니다. '해양수도권'만이 대한민국을 살릴 유일한 심폐소생술이라고 생각하시는 이유는요?

우리는 지금 냉혹한 경제 현실을 직시해야 합니다. 대한민국의 잠재성장률은 이미 1퍼센트대 후반으로 떨어졌습니다. 심지어 0퍼센트대를 향해 가고 있다는 암울한 전망까지 나오고 있습니다. 국민소득 8만 5천 달러를 넘어선 미국조차 2퍼센트 이상의 잠재성장률을 유지하고 있는데, 3만 5천 달러 수준인 우리가 벌써 성장의 동력을 잃어 가고 있는 것입니다.

더 충격적인 보고가 있습니다. 골드만삭스는 2075년이 되면 대한민국 경제 규모가 필리핀, 방글라데시보다 뒤처진 세계 24위(GDP 기준)로 밀려날 것이라고 경고했습니다. 이것은 먼 미래의 가정이 아니라 우리 아이들이 마주하게 될 예고된 현실입니다.

이유는 명확합니다. 대한민국이 '서울·수도권'이라는 단 하나의 엔진에만 의존해 위태롭게 날고 있기 때문입니다. 과거 고도성장기에는 자원을 수도권에 집중하는 불균형 전략이 유효했을지 모릅니다. 하지만 이제 그 엔진은 과부하가 걸려 더 이상 이 거대한

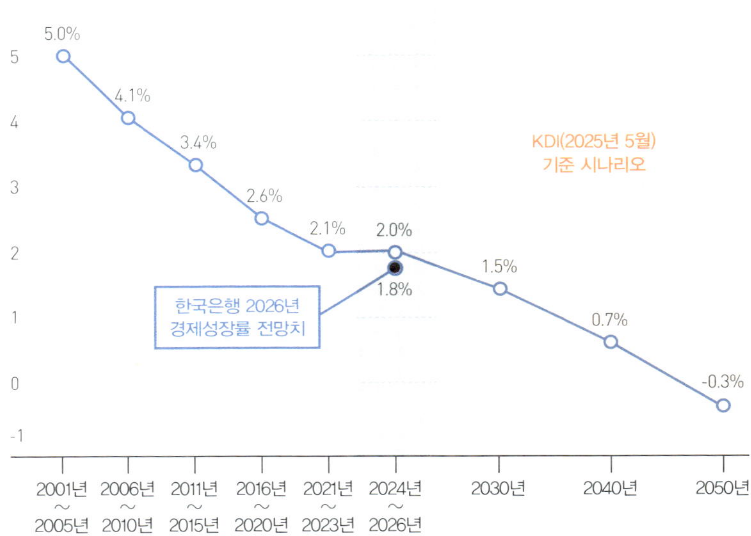

비행기를 띄울 힘을 잃었습니다.

그래서 저는 '해양수도권'이 유일한 대안이라고 확신합니다. 서울·수도권과 대등하게 경쟁할 수 있는 또 하나의 강력한 엔진을 한반도 남단에 장착해야 합니다. 이것은 억지로 없는 것을 만들어 내자는 공허한 주장이 아닙니다. 이미 부산·울산·경남에는 세계적인 항만, 조선, 해운, 산업 인프라가 살아 있습니다. 여기에 정부의

한국 GDP 순위 전망

단위: 순위

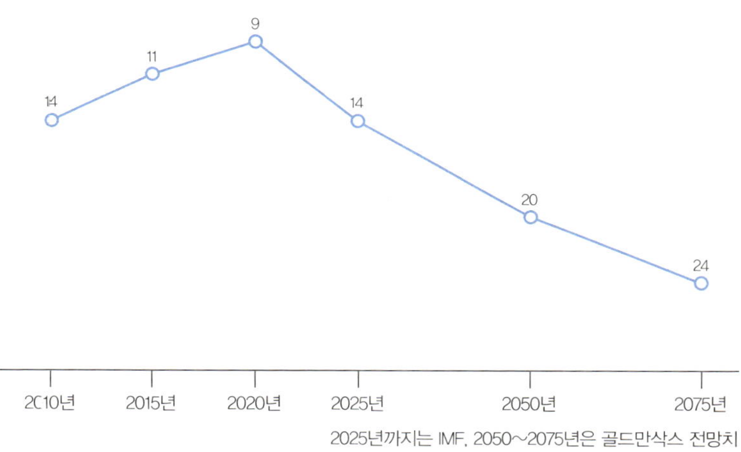

강력한 의지가 더해진다면, 꺼져가는 대한민국의 심장을 다시 뛰게 할 가장 확실하고 현실적인 해법이 될 것입니다.

단순히 지방을 살리자는 온정주의적 호소가 아닙니다. 수도권은 과밀로 인해 '미어터져 죽을' 지경이고, 지방은 '말라비틀어져 죽을' 위기에 처해 있습니다. 미어터져 죽으나 말라 죽으나, 죽는 것은 매한가지입니다. 이 공멸의 고리를 끊기 위해서는 '수도권 일극 체제'에서 '다극 체제'로 국가의 체질을 완전히 바꿔야 합니다.

제가 꿈꾸는 해양수도권의 청사진은 단순히 부산, 울산, 경남에 국한되지 않습니다. 서쪽으로는 여수·광양에서 시작해 동쪽으로는 포항 영일만까지 이어지는 한반도 남단 전체를 '북극항로경제권역'으로 묶어내는 거대 전략입니다. 서울·수도권이라는 엔진 하나로 위태롭게 날던 대한민국에 해양수도권이라는 또 하나의 강력한 엔진을 장착해 '양 날개'로 안정적이고 힘차게 비상하자는 생존을 위한 결단입니다.

Q2. "서울은 미어터져 죽고, 지방은 말라비틀어져 죽는다." 섬뜩하지만 부정할 수 없는 현실입니다. 이 기울어진 운동장을 바로잡을 양 날개 전략은 무엇입니까?

제가 방송에서 다소 거친 표현을 썼습니다만, 그것이 지금 대한민국의 가장 정확한 민낯입니다. 과거 대한민국은 서울·수도권에 모든 자원을 집중하는 '고도 성장, 압축 성장' 모델로 세계 10위권 경제 대국이 되었습니다. 하지만 이제 그 모델은 유효기간이 끝났

수도권 및 비수도권 인구수 및 비중

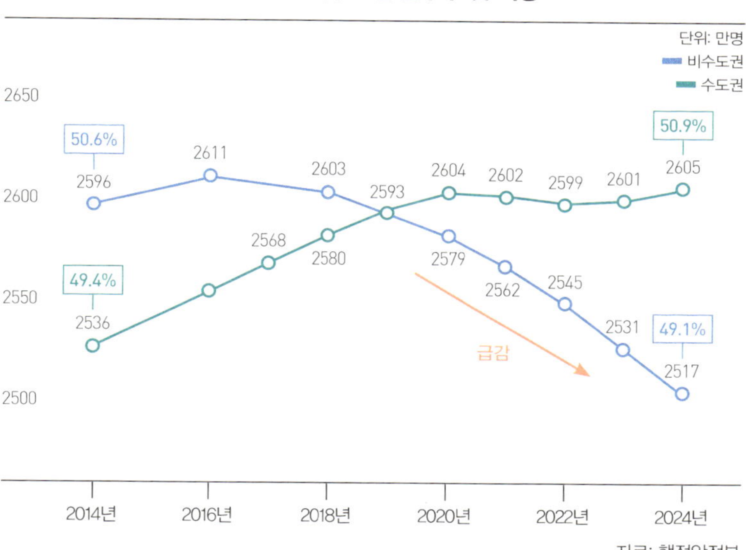

습니다. 서울은 과밀 비용으로 경쟁력을 잃어가고 지방은 소멸 공포에 떨고 있습니다. '미어터져 죽으나 말라비틀어져 죽으나' 결국 공멸하는 것은 매한가지인 상황에 봉착한 것입니다.

그동안 수많은 정부가 '국가균형발전'을 외쳤습니다. 하지만 솔직해져야 합니다. 지난 20년 동안 정치권은 선거 때만 되면 균형발전을 노래했지만 선거가 끝나면 언제 그랬냐는 듯 잊어버렸습니다. 손에 잡히지 않는 뜬구름 잡는 구호에 그쳤기 때문입니다. 그

동남권 생산연령인구 변화

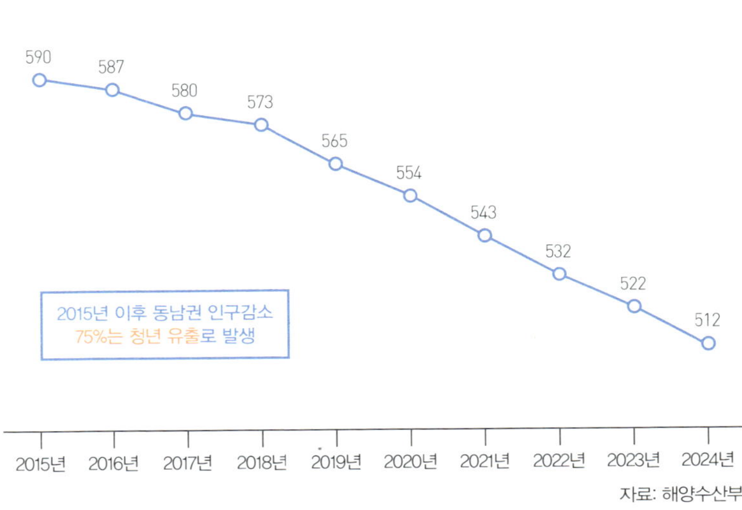

래서 저는 추상적인 구호가 아니라 눈에 보이고 손에 잡히는 확실한 '물리적 실체'를 만들자는 겁니다.

'양 날개 전략'의 핵심은 서울·수도권에서 무언가를 뺏어오자는 게 아닙니다. 서울·수도권(GRDP 약 1,300조 원)과 대등하게 경쟁할 수 있는 경제력을 갖춘 또 하나의 축을 만들자는 것입니다. 저는 앞으로 10년 안에 부산·울산·경남을 중심으로 한 해양수도권의 지역내총생산(GRDP)을 서울·수도권과 맞먹는 수준으로 끌어올리겠다는 구체적인 목표를 가지고 있습니다.

엔진 하나로는 날 수 없습니다. 수도권이라는 기존 엔진이 과부하로 꺼져가고 있으니 한반도 남단에 '해양수도권'이라는 새롭고 강력한 엔진을 하나 더 장착하여 두 개의 심장으로 뛰게 해야 합니다. 이것은 부산만을 위한 지역 이기주의가 아니라 대한민국의 지속 가능한 성장을 담보하기 위한 유일한 '국가생존전략'입니다.

혹자는 "지방이 어떻게 수도권과 경쟁이 되겠어"라고 묻습니다. 하지만 데이터를 보십시오. 부산·울산·경남에는 녹산, 미포, 온산, 창원 등 4개의 국가산업단지가 있습니다. 놀랍게도 이 네 곳이 대한민국 전체 국가산단 수출액의 절반 이상을 담당하고 있습니다. 제조업의 심장은 이미 이곳에서 뛰고 있습니다. 단지 그 심장에 피를 돌게 할 '혈관(물류·금융)'이 막혀 있었을 뿐입니다.

그래서 이 전략은 수도권의 것을 뺏어오는 '제로섬(Zero-sum)' 게임이 아닙니다. 수도권은 비대해진 몸집을 줄여 삶의 질을 높이고, 부울경은 튼튼한 제조업을 바탕으로 새로운 성장판을 여는 '플러스섬(Plus-sum)' 전략입니다. 엔진 하나로는 추락할 수밖에 없는 대한민국호(號)에 튼튼한 성장 엔진을 달아 주십시오. 그것이 우리 아이들이 살아갈 미래입니다.

Q3. 그동안 균형발전의 구호는 많지 않았습니까? 의원님의 부·울·경 해양수도권 구상은 현실성이 있나요? 무엇이 다릅니까?

그동안 국가균형발전을 향한 수많은 생존전략, 성장전략들이 세상에 나왔습니다. 일부 균형발전의 토대를 단단히 하는 성과를 남기기도 했지만, 정권에 따라 정책이 동력을 잃거나 정치적 구호에 머물렀던 한계가 컸습니다. 냉정히 돌아보면, 국민들 삶 속에서 체감되는 변화가 있었는지, 국민들 손에 잡히는 성과가 있었는지에 대해서는 물음표가 남는 것이 현실입니다. 그 결과 많은 국민께 국가균형발전은 '실체가 있는 무언가'보다는 눈으로 확인할 수도, 손으로 만질 수도 없는 막연한 담론으로 인식되어 왔습니다.

하지만 제가 주장하는 '부·울·경 해양수도권'은 이러한 인식의 틀을 근본적으로 바꿀 것입니다. 결코 관념적인 수사나 뜬구름 잡는 이야기가 아니라, 이미 존재하는 세계적 수준의 인프라라는 확실한 실체 위에서 출발하기 때문입니다. 데이터를 보십시오. 부·울·경에 있는 녹산, 미포, 온산, 창원의 4개 국가산단이 대한민국 전체 국가산단 수출액의 절반 이상을 담당하고 있습니다. 울산의 자동차와 조선, 창원의 기계와 방산, 거제의 조선소까지 이미 거대한 산업 벨트가 살아 숨 쉬고 있습니다.

하지만 그동안은 이 엄청난 자원들이 '서 말의 구슬'처럼 흩어져 있었습니다. 부산항은 세계 2위 환적항이라면서도 배에 휴지나 식자재를 파는 '선용품' 시장은 고작 2천 개 품목 수준에 머물러 있습니다. 싱가포르가 2만 개를 취급하며 막대한 부가가치를 올리는 동안, 우리는 정부의 무관심 속에 업체끼리 각개약진하며 제 살 깎아 먹기 경쟁만 해왔기 때문입니다.

우리의 전략은 이 흩어진 구슬을 꿰는 것입니다. '북극항로'라는 새로운 실에 '해수부 이전'이라는 바늘로 부·울·경의 산업을 꿰어내는 것입니다. 단순히 행정 통합을 하는 게 아닙니다. 부산항을 '고속도로 휴게소'로 만들어야 합니다. 배가 와서 기름도 넣고(벙커링) 수리도 하고(MRO) 선원들이 밥도 먹고 쇼핑도 하게 만들어야 합니다.

이렇게 기존에 따로 놀던 도시들을 '북극항로경제권역'이라는 하나의 거대한 비즈니스 모델로 묶어내면 당장이라도 폭발적인 시너지를 낼 수 있습니다. 억지로 만드는 것이 아니라 이미 있는 것을 연결하여 가치를 높이는 전략, 이것이야말로 가장 현실적이고 즉각적인 효과를 낼 수 있는 유일한 대안입니다.

Q4. 해수부 이전은 청사 건물 하나 옮기는 것으로 끝날 문제가 아니겠지요. 해수부 이전을 단순한 '이사'가 아닌 '해양 거버넌스의 대전환'으로 만들기 위한 필수 조건은 무엇입니까?

매우 핵심을 찌르는 질문입니다. 해수부 부산 이전은 단순히 과천이나 세종에 있던 청사 하나를 부산으로 옮기는 '이사' 차원의 문제가 아닙니다. 이것은 다가올 '북극항로 시대'를 선점하고, 위태롭게 날고 있는 대한민국 경제에 '새로운 성장 엔진'을 장착하기 위한 담대한 첫걸음입니다.

지금 대한민국은 부의 양극화와 지방 소멸이라는 절체절명의 위기 앞에 서 있습니다. 이를 극복하고 지속 가능한 성장을 담보하려면, 서울·수도권 중심의 '일극 체제'를 극복하고 '다극 체제'로 나아가야 합니다. 그 해법이 바로 부산을 해양수도로, 부울경을 해양수도권으로 육성하여 한반도 남단에 또 하나의 강력한 수도권을 만드는 것입니다.

이를 실현하기 위한 조건은 명확합니다. 이미 우리는 세계적인 수준의 하드웨어를 갖추고 있습니다. 세계 2위의 환적항만인 부산항을 필두로 울산·거제의 조선 산업, 여수의 중화학공업, 포항의 철강 산업에 이르기까지 여수·광양에서 포항을 아우르는 거대한 '북극항로경제권역'이 형성되어 있습니다. 또한 부산대, 한국해양대, 부경대, 창원대 등 북극항로를 이끌어 갈 탄탄한 인재 육성 인프라도 보유하고 있습니다.

이러한 잠재력을 폭발시키기 위해 반드시 채워야 할 조건이 바로 '행정, 사법, 산업, 금융'의 4각 편대 집적화입니다.

첫째, 행정입니다. 2025년 12월 4일 공포된 「부산 해양수도 이전기관 지원에 관한 특별법」은 정부의 강력한 의지를 보여줍니다. '해양수도 부산'을 선포한 지 25년 만에 이루어진 성과입니다. 이에 따라 해수부 직원 850여 명이 12월 31일까지 이전을 완료했고, 앞으로 현장에서 북극항로 개척과 해양수도권 조성을 진두지휘하는 '컨트롤 타워' 역할을 수행하게 됩니다.

둘째, 사법입니다. 부산에 '해사전문법원'을 조속히 신설해야 합니다. 북극 물류 시대가 열리면 각종 해상 분쟁과 법률 수요도 늘어납니다. 이를 우리 부산에서 처리하여 명실상부한 해사 사건의 중심지로 성장시켜야 합니다.

셋째, 산업입니다. 해양수산 공공기관뿐만 아니라 HMM 등 글로

벌 해운 기업의 본사를 부산으로 유치해야 합니다. 앞서 말씀드린 특별법을 통해 이를 체계적으로 지원하여 실질적인 비즈니스가 부산에서 일어나도록 만들겠습니다. 이미 SK해운, 에이치라인해운은 본사의 부산 이전 등기를 완료했으며, 이는 더 많은 해운 대기업들이 부산으로 이전하게 되는 마중물이 될 것입니다.

마지막으로 금융입니다. 아무리 좋은 계획도 자금이 없으면 무용지물입니다. 북극 시대를 주도할 전략산업을 육성하고, MRO(유지·보수·정비) 같은 신시장을 창출하기 위해 무려 50조 원 규모의 자금 운용이 가능한 '동남투자공사' 신설을 추진하겠습니다.

이 네 가지 기능이 부산이라는 물리적 공간에 집적되어 화학적 결합을 일으킬 때, 비로소 단순한 지방 이전을 넘어 대한민국을 먹여 살릴 '해양수도권'이라는 강력한 거버넌스가 완성될 것입니다.

Q5. 여수·광양·진해·부산·울산·포항에 이르는 지역을 묶는 거대한 '북극항로경제권역', 이 큰 그림은 구체적으로 어떤 모습입니까?

많은 분이 "해수부가 부산으로 가면 부산만 좋은 것 아니냐"라고 묻습니다. 천만의 말씀입니다. 부산 혼자서는 북극항로가 가져올 그 거대한 파도를 감당할 수 없습니다. '북극항로경제권역'은 항구 하나가 아니라 대한민국 제조업의 심장을 다시 뛰게 하는 거대한 '산업 벨트 전략'입니다.

부산·울산·경남에는 녹산, 미포, 온산, 창원 등 4개의 국가산업단지가 있습니다. 놀라운 사실은 이 4개 국가산업단지가 대한민국 전체 국가산단 수출액의 절반 이상을 담당하고 있다는 점입니다. 물건을 만드는 '공장(산단)'이 여기에 있고, 그 물건을 실어 나를 '항구'가 바로 옆에 있습니다. 이 제조와 물류를 북극항로라는 새로운 길로 연결하자는 것이 저의 구상입니다.

하지만 지금까지는 이 거대한 잠재력이 제대로 발휘되지 못했습니다. 항만은 항만대로, 산단은 산단대로 각자도생하며 각개약진해 왔기 때문입니다. 이들을 하나로 묶어줄 '금융의 혈맥'이 없었

북극항로경제권역

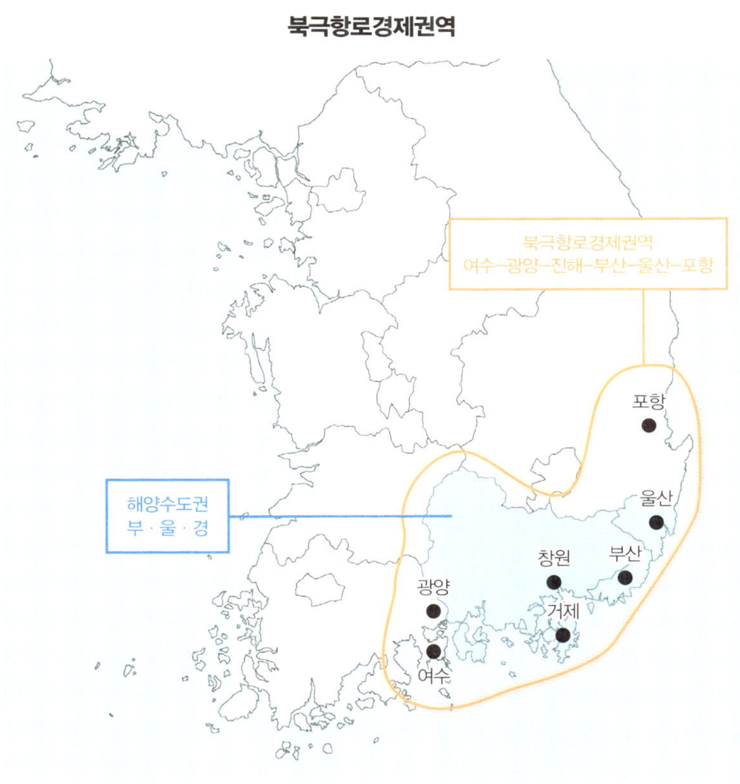

여수 · 광양	창원(진해)	거제
석유화학, 철강	극저온 기자재, 해저케이블, 기계, 방산	조선
부산	**울산**	**포항**
벙커링 등	에너지 (수소, 원자력)	배터리, 철강

습니다. 그래서 제가 '동남투자공사'를 그토록 강조하는 것입니다. 기존의 한국해양진흥공사는 법적으로 선박·해운·항만물류 분야에만 투자할 수 있다는 한계가 있습니다. 하지만 동남투자공사는 다릅니다. 이 공사는 항만뿐만 아니라 배후에 있는 이 수출용 국가 산업단지에도 직접 투자할 수 있도록 설계했습니다. 대한민국 국가산단 수출의 절반 이상을 담당하는 거대한 '제조업 엔진'에 50조 원이라는 든든한 금융 연료가 주입될 때, 비로소 제조와 물류, 금융이 완벽하게 맞물려 돌아가는 세계적인 '해양 산업 클러스터'가 완성될 것입니다.

구체적인 역할 분담도 명확합니다. 부산항은 세계적인 컨테이너 환적 허브로서의 기능을 맡습니다. 하지만 컨테이너가 아닌 화물은 어떻게 하겠습니까? 액체 화물과 자동차는 울산항, 철광석과 원자재는 포스코가 있는 포항 영일만항, 그리고 석유화학 제품과 원자재는 여수·광양항이 권역별 특화 거점 역할을 해줘야 합니다.

여기에 배를 만드는 거제와 울산의 조선소, 배에 들어가는 엔진과 기계를 만드는 창원의 공단까지 유기적으로 연결됩니다. 즉, 여수·광양에서 시작해 진해, 부산, 울산을 거쳐 포항까지 이어지는 한반도 남동해안 벨트 전체가 거대한 경제 공동체가 되는 것입니다. 이 권역 전체가 북극항로가 가져올 물류 혁명의 혜택을 골고루

항만 클러스터 조성

명칭	부산항 항만 클러스터(가칭)
비전	글로벌 물류거점 항만
기능	– 세계 최대규모 '컨' 항만(+26선석) – 내륙 배후부지 신규 지정(7백만㎡)
장점	– 아시아–미주항로 간 마지막 기항지(지정학적 대미 수출입 환적 거점) – 싱가포르형 항만서비스 제공
전략	– 글로벌 물류기업 유치(아마존 등) 및 동남권 산업 (조선·기계·방산)과 연계한 산업기지로 육성

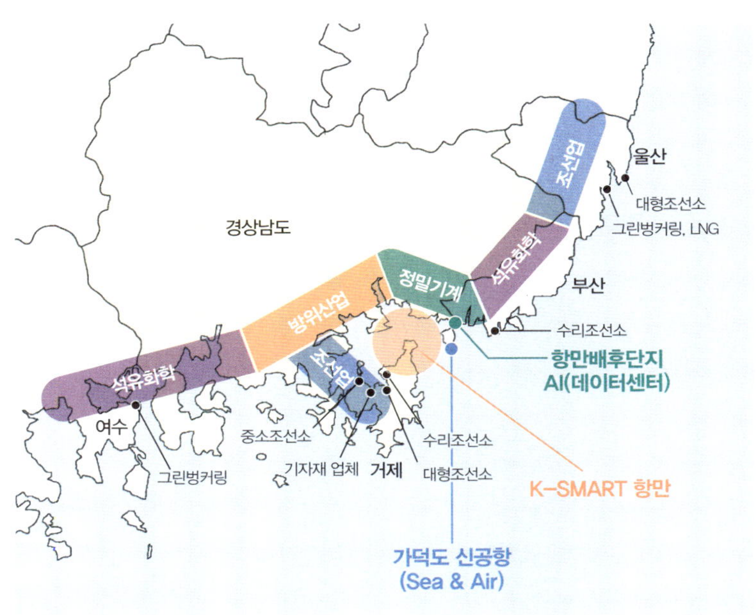

나누며 함께 성장하는 구조, 이것이 제가 구상하는 '북극항로경제권역'의 진짜 모습입니다.

서로 밥그릇 싸움을 하는 게 아니라 각자의 장점을 살려 '원팀(One Team)'이 되는 것입니다. 남동해안 벨트가 북극항로의 물류와 에너지를 빨아들이는 거대한 '메가 포트 시티(Mega Port City)'가 될 때, 우리는 비로소 서울·수도권과 대등하게 경쟁할 수 있는 강력한 경제 공동체를 갖게 됩니다.

Q6. 부산이 '노인과 바다'로 불리는 현실에서 이 거창한 프로젝트는 우리 미래세대와 어떻게 연결될까요?

'노인과 바다', 참으로 가슴 아픈 별명입니다. 요즘은 바다만 남은 게 아니라 아파트만 남았다고 해서 '노인과 아파트'라고 자조하기도 한답니다. 부산 시민들이 처음에는 이 말에 화를 냈지만, 지금은 체념하고 받아들일 만큼 지방 소멸의 현실은 냉혹합니다. 우리 청년들이 일자리가 없어 눈물을 머금고 고향을 떠나는 이 현실

을 바꾸지 못하면 우리에게 미래는 없습니다.

이 거대한 프로젝트의 얼개 중 하나는 '양질의 일자리'입니다. 북극항로가 열리면 당장 무엇이 필요합니까? 얼음을 깨고 다니는 친환경 쇄빙선이 필요합니다. 배 한 척 만드는 데 수천억 원이 듭니다. 조선소가 바빠지면 설계하는 사람, 용접하는 사람, 페인트칠하는 사람까지 수많은 일자리가 생겨납니다.

배만 만듭니까? 아닙니다. 배를 만들려면 돈이 필요하니 선박 금융이 일어납니다. 사고가 나면 보험도 들어야 하고, 법적 분쟁이 생기면 변호사도 필요합니다. 배가 들어오면 기름을 넣고(벙커링), 수리하고, 선원들이 먹을 식자재(선용품)를 실어야 합니다. 이 모든 과정 하나하나가 거대한 산업이고 일자리입니다.

단순히 현장 노동 일자리만 생기는 것이 아닙니다. 해사전문법원이 생기면 법률 전문가가, 동남투자공사가 생기면 금융 전문가가 필요합니다. 물류 데이터를 분석하는 첨단 IT 인재도 필요하겠지요. 우리 청년들이 더 이상 일자리를 찾아 서울로 떠나지 않아도 내 고향 부산에서, 울산에서, 경남에서 세계를 무대로 일할 수 있는 양질의 일자리가 쏟아지게 됩니다. 이것이 제가 해양수도 부산을 목놓아 외치는 가장 절박한 이유입니다.

Q7. 해수부가 온다는 소식만으로 해양대와 부경대 경쟁률이 치솟았다고 들었습니다. 벌써부터 현장 분위기가 심상치 않다면서요?

제가 최근에 부산 거리에서 한 어머니를 만났는데 정말 깜짝 놀랄 이야기를 들었습니다. 고3 수험생 아들과 재수생 아들 둘을 둔 분이었는데, 이번에 두 아들이 모두 한국해양대에 원서를 냈다는 겁니다. 제가 의아해서 이유를 물으니 "의원님, 해수부가 부산으로 옮겨오고, 북극항로가 열린다면서요? 아이들이 먼저 알고 거길 가겠다고 하네요"라고 하시더군요.

실제로 데이터를 확인해 보니 소름이 돋았습니다. 2026학년도 한국해양대 정시 경쟁률이 6.73 대 1로 17년 만에 최고치를 기록했고, 국립부경대 역시 7.19 대 1로 개교 이래 역대 최고였습니다. 더 놀라운 것은 '전공'입니다. 동의대 스마트항만물류학과는 무려 26.5 대 1, 한국해양대 데이터사이언스전공은 14.14 대 1을 기록했습니다. 우리 청년들은 단순히 '배 타는 일'이 아니라 북극항로 시대가 요구하는 AI, 물류, 데이터 같은 첨단 일자리를 정확하게 조준하고 있는 것입니다.

이제 막, 해양수산부만이 부산으로 이전했을 뿐인데도 우리 청년과 학부모님들은 본능적으로 감지한 겁니다. "아, 저기에 미래가 있구나. 내 고향에서 내 꿈을 펼칠 수 있는 기회가 오고 있구나"를 감각적으로 아시는 겁니다.

반응은 대학가뿐만이 아닙니다. 주식 투자 커뮤니티를 돌아보면 벌써 '북극항로 관련주', '해수부 이전 수혜주'를 분석하는 글들이 올라옵니다. 자본 시장은 거짓말을 하지 않습니다. 돈과 사람이 먼저 움직이고 있다는 것은 그만큼 이 변화가 '실체'가 있다는 증거입니다.

2026학년도 부산지역 해양 · 수산 계열 입시 경쟁률

업종 구분	모집	지원	2026 경쟁률	비고
국립부경대	768	5524	7.19:1	역대 최고
해양공학과	5	73	14.6:1	
국립한국해양대	292	1966	6.73:1	17년간 최고
동의대 스마트항만물류	2	53	26.5:1	대학 내 최고
해군과학기술고	96	151	1.57:1	1.28:1 (2025)
국립부산해사고	128	471	3.66:1	3.56:1 (2025)

시장은 정부보다 빠르고 아이들의 촉은 어른보다 예리합니다. 정부 정책이 발표되기도 전에 인재들이 먼저 움직이고 시장이 들썩이고 있습니다. 해수부 부산 이전이라는 신호탄 하나만으로도 이렇게 지역의 공기가 바뀌고 있습니다. 여기에 기업이 오고, 공공기관이 오고, 50조 원의 투자가 본격화되면 어떻겠습니까? 저는 이 경쟁률 수치야말로 부산의 희망을 보여주는 가장 확실한 증거이자 우리가 가는 길이 틀리지 않았음을 미래 세대가 증명해 주는 것이라고 확신합니다.

Q8. 거창한 정책 말고 시민들 피부에 와닿는 변화가 궁금합니다. 해수부 이전으로 당장 우리 동네, 우리 삶에 어떤 변화가 생기고 있나요?

정책 비전이나 경제 지표보다 시민 여러분의 피부에 가장 먼저 와닿는 변화는, 바로 도시에 감도는 따뜻한 활기와 사람 냄새 나는 북적임일 것입니다. 해수부 이전이 본격화된 이후, 부산역 인근과

원도심의 공기가 확연히 달라졌음을 많은 분이 느끼셨을 겁니다. 날씨는 점점 추워지고 있지만 우리 부산의 골목 경제에는 때아닌 봄바람 같은 '훈풍'이 불고 있습니다.

실제로 최근 언론 보도와 제가 현장에서 만난 시민들의 이야기를 종합해보면 이 변화는 아주 구체적이고 흥미롭습니다. 가장 먼저 반가운 말씀을 주시는 곳은 바로 지역 상권입니다. 얼마 전까지만 해도 점심시간에 다소 한산했던 청사 인근 식당가와 카페들이 지금은 발 디딜 틈 없이 북적입니다. 한 돼지국밥집 사장님은 인터뷰에서 "해수부가 오기 전에는 상권이 침체돼 걱정이 많았는데 지금은 고기 썰 시간이 없을 정도로 손님이 밀려들어 너무 기분이 좋다"며 활짝 웃으셨습니다. 또 어떤 보쌈집 사장님은 저녁 손님까지 늘어나 직원을 두 명이나 더 채용했다고 합니다. 카페 사장님들 역시 "점심 매출이 2배, 3배 뛰었다"라며 즐거운 비명을 지르고 계십니다.

재미있는 현상도 생겼습니다. 해수부 직원들 사이에선 부산 동구 일대의 숨은 맛집 수십 곳을 정리한, 일명 '해수부 맛집 목록'이 공유되고 있다고 합니다. 가격과 맛은 물론이고 '단체석 완비', '사장님 인심' 같은 알짜 정보가 담긴 이 리스트 덕분에 구석구석 숨어 있던 오래된 노포들까지 활기를 되찾고 있습니다. 한 유명 라멘

집과 칼국수집은 점심시간이면 '왼쪽엔 경찰관, 오른쪽엔 해수부 공무원, 뒤쪽으로는 동구 공무원'이 가득 들어찬 진풍경을 연출한다고 하더군요.

이뿐만이 아닙니다. 거리에 내걸린 현수막 문구도 바뀌었습니다. 상인분들이 자발적으로 '해수부 이전을 환영합니다'라는 현수막을 내거는가 하면, 문구점에는 '관공서 납품 환영' 문구가 붙고, 심지어 '해수부 주유소', '해수부 편의점'이라며 간판을 바꿔 다는 곳까지 생겼습니다. 그만큼 지역 사회가 해수부를 새로운 이웃으로, 가족으로 따뜻하게 맞아주고 계신다는 방증이겠지요.

이러한 변화는 단순히 밥 한 끼, 커피 한 잔 더 파는 차원의 문제가 아닙니다. 850여 명의 해수부 직원과 그 가족들이 부산 시민이 되어 아이를 학교에 보내고, 시장에서 장을 보고, 주말이면 부산의 명소를 찾는 과정에서 부산이라는 도시에 '새로운 에너지'가 공급되는 것입니다.

'노인과 바다'라는 자조 섞인 농담이 오가던 거리에 청년 공무원들의 활기찬 발걸음이 더해지고 썰렁했던 상가에 웃음소리가 채워지는 것. 이것이야말로 해양수산부 부산 이전이 가져온 가장 확실하고 기분 좋은 변화가 아닐까요. 이 따뜻한 온기가 원도심을 넘어 부산 전역으로 퍼져 나갈 수 있도록, 해수부는 부산 시민의 든든한 이웃이자 동반자로서 지역 사회에 깊게 뿌리내릴 것이라고 믿습니다.

Q9. 바다를 보며 자라는 부산의 아이들, 이제는 어떤 새로운 꿈을 꿀 수 있을까요? 해수부 이전이 우리 청소년들에게 열어 줄 '꿈의 지도'를 펼쳐 주세요.

부산에서 자라는 우리 아이들에게 해양수산부의 부산 이전은 단순한 관공서의 이동이 아닙니다. 바다를 그저 여름철 피서지나 힘든 일터로만 여겼던 인식의 틀을 깨고 더 넓은 세계로 나아가는 꿈의 전환점이 될 것입니다. 다시 말해 바다는 무한한 기회의 장으로 재정의될 것입니다.

이제 부산의 청소년들은 바다를 통해 전 세계와 연결되는 꿈을 꿀 수 있습니다.

가장 큰 변화는 영유아부터 대학생까지 이어지는 '생애주기별 해양교육 보급' 체계가 완성된다는 점입니다. 먼저 각급 학교에서는 늘봄학교와 진로 교육 시간을 통해 다양한 해양 교육 커리큘럼을 제공합니다. 영유아기는 놀이와 안전교육, 초등학생은 늘봄학교와 연계한 '찾아가는 해양교육', 중학생은 '해양과학캠프'와 '해양올림피아드'를 통해 해양 현안을 고민하고 해결해 보는 기회를 갖습니다. 특히 일반계 고등학교에서도 '융합해양교육'이 도입되어 입시 위주의 교육에서 벗어나 바다를 체계적으로 배울 수 있게 됩니다.

실질적인 직업 교육도 강화됩니다. 부산시 교육청과 협력하여 '경남공고'를 조선해양플랜트 산업에 특화된 '협약형 특성화고'로 전환을 추진하고 있습니다. 이를 통해 지역 산업 수요에 맞는 현장형 기술 인재가 양성될 것입니다.

대학 단계에서는 부산대, 한국해양대, 부경대 등 지역의 우수한 국립대학들과 협력을 확대하여 전문 인력을 양성합니다. 지역의 현안을 해결하는 연구를 수행하는 '한국형 씨그랜트(Sea Grant) 사업'과 수산업의 자동화·디지털 기술을 실증하는 '수산 자동화·혁신 연구센터(FAIR) 사업' 등을 통해 학생들이 산업 맞춤형 인재로 성장할 수 있도록 지원할 계획입니다.

무엇보다 해수부 부산 이전으로 행정-산업-교육 기능이 집적되면 인재 양성의 시너지가 커질 것입니다. 부산에 해양 관련 공공기관, 해사전문법원, HMM 등 국내 최고의 기관과 기업이 밀집하게 되면 학생들의 취업 기회가 대폭 넓어질 테죠. 아울러 부산 개최가 유력한 'UN 해양총회' 등 국제 행사를 통해 우리 청소년들은 대한민국 해양 산업의 국제적 영향력을 실감하고 더 넓은 세계 무대를 꿈꾸게 될 것입니다.

Q10. 실질적인 혜택에 관해 묻겠습니다. 해수부 이전으로 부산 청년들에게 취업이나 창업 같은 '진짜 기회'가 늘어납니까?

청년들에게 가장 필요한 것은 결국 양질의 일자리와 경력 개발의 기회입니다. 해수부 이전은 바로 이 부분에서 확실한 해답을 줄 수 있습니다.

해수부가 부산으로 이전했으니, 필연적으로 산하 공공기관과 연구소, 그리고 해양 관련 민간 기업들도 부산으로 모이게 될 것입니다. 이렇게 형성된 '해양 특화 클러스터'는 다양한 현장형 일자리뿐만 아니라 연구개발(R&D), 금융, 법률, 데이터 분석, 국제 물류 등 고부가가치 일자리를 대거 창출하겠죠.

특히 대학과 기업, 연구소가 한곳에 모이면 학교에서 배운 지식을 바로 현장에서 적용해 볼 수 있는 인턴십이나 산학 협력 기회가 풍부하게 주어질 것입니다. 또한 북극항로 개척이나 스마트 항만 구축과 같은 국가적 핵심 프로젝트에 부산 청년들이 주도적으로 참여할 수 있게 되겠지요. 이는 어디서도 얻을 수 없는 독보적인 커리어입니다.

결국 해수부 이전은 부산 청년들에게 '일자리를 찾아 고향을 떠나지 않아도, 내 고향 부산에서 세계적인 커리어를 쌓아가며 성공할 수 있다'라는 확신을 주는 희망의 근거가 될 것입니다.

Q11. 항만 현장은 힘들어서 젊은이들이 기피한다는 시각이 있습니다. 청년들이 매력을 느끼고 찾아올 만한 유인책이나 지원 방안을 갖고 계신지요?

항만 현장에 젊은 인력이 부족한 것은 엄연한 현실입니다. 이를

부산의 미래, 대한민국의 미래
극항로 시대
양수도권 조성전략
한민국 성장동력을 재점화
해양수산부

해결하는 근본적인 처방은 항만을 청년들이 일하고 싶은 '미래형 디지털 일자리'로 탈바꿈시키는 것이겠지요.

과거의 항만은 거칠고 위험하며 육체적으로 고된 곳이라는 인식이 강했습니다. 하지만 지금의 항만은 디지털 혁신의 최전선으로 바뀌고 있습니다.

우선 '스마트 항만'으로의 전환에 속도를 내고 있습니다. 스마트 항만이란 자동화, AI, 빅데이터 기술을 접목해 하역 작업과 장비 운용을 시스템 중심으로 전환하는 것입니다. 이렇게 되면 과거의 거친 육체노동 중심이었던 항만 일자리가 기술과 관리 중심의 안전하고 쾌적한 디지털 일자리로 변환됩니다. 이미 해수부는 2024년 4월 개장한 '부산항 신항 완전자동화 터미널'을 시작으로 스마트 항만 구축을 본격화하고 있습니다. 이러한 첨단 환경이 구축되면 젊은 세대들이 항만을 매력적인 직장으로 느끼게 될 것이라 확신합니다.

하드웨어의 변화에 맞춰 인재를 키우는 소프트웨어 지원도 확대합니다. 해수부는 부산항만연수원을 통해 지난 2021년부터 2023년까지 '스마트 항만 전문인력 양성지원' 사업을 추진한 바 있습니다. 앞으로는 여기서 더 나아가 자동화 설비 운용, 원격조종 크레인, 디지털 터미널 관리 등 청년들의 눈높이에 맞는 맞춤형 교육 프로그램을 설계하고 운영할 계획입니다.

Q12. 해양수산부 부산시대가 열린 만큼, 부산의 청소년들에게 해양 분야와 관련된 다양한 경험과 교육의 기회가 제공될 수 있을까요?

물론입니다. 해양수산부 부산시대가 열리면서, 미래의 바다를 이끌어 갈 청소년들을 위한 교육과 체험의 기회 역시 한층 넓어지고 있습니다. 그 중심에 있는 곳이 바로 해양수산부 산하에 있는 한국해양수산연수원입니다. 이곳은 그동안 해양 분야 전문 인력을 육성해 온 기관이지만, 해양수산부 부산시대를 계기로 청소년들이 바다를 직접 경험하고 진로를 그려 볼 수 있는 교육과 체험의 장으로 그 역할을 더욱 넓혀 가고 있습니다.

관련해서 연수원이 준비하고 실행하고 있는 프로그램은 크게 두 갈래입니다. 하나는 해양 분야 진출을 꿈꾸는 학생들을 위한 실전 중심의 교육이고, 다른 하나는 바다가 아직 낯선 청소년들도 부담 없이 참여할 수 있는 체험형 프로그램입니다.

먼저, 해양 마이스터고에 진학한 학생들에게는 교실을 넘어선 현장 교육이 제공되고 있습니다. 현재 부산과 인천의 해사고등학교 학생 약 450명이 연수원의 실습선을 타고 1년간 승선 실습을 진행하고 있습니다. 여기에 더해, 최근 최신형 어선 실습선의 건조가 완료되면서 교육 기회는 더욱 확대되었습니다. 올해부터는 수산계 고등학교 3학년뿐 아니라 1·2학년 학생들까지도 승선 실습에 참여할 수 있게 되어, 보다 이른 시기부터 바다를 직접 경험할 수 있는 길이 열렸습니다. 파도 위에서 배우는 현장 교육은 해양 진로를 꿈꾸는 학생들에게 무엇과도 바꿀 수 없는 자산이 될 것입니다.

일반 청소년들을 위한 프로그램도 눈여겨볼 만합니다. 학교 현장으로 직접 찾아가는 해양 아카데미와 실제 선박에 승선해보는 진로 체험 프로그램으로 바다와의 접점을 넓히고 있습니다. 특히 앞으로 도입될 가상현실(VR) 기반 체험 콘텐츠는 청소년들의 호기심과 상상력을 자극할 것으로 기대됩니다. 국내 유일의 쇄빙선 '아라온호'가 북극해의 거친 얼음을 가르며 항해하는 모습과 북극에서 연구가 이루어지는 현장을 360도 VR로 생생하게 체험할 수 있도록 준비되고 있습니다. 이렇게 구축된 가상현실은 향후 지역 축제나 직업 체험 프로그램 등을 통해 시민과 청소년들에게 개방

될 예정으로 알고 있습니다.

해양수산부 부산시대는 행정의 변화를 넘어, 우리 청소년들의 미래를 바꾸는 동력이 되고 있습니다. 부산의 청소년들에게 그저 익숙한 풍경이었던 바다가 이제는 배움과 경험, 나아가 직업과 미래로 이어지는 기회의 장으로 거듭나고 있습니다. 청소년들이 보고 느낀 바다의 경험은 곧 인재 성장의 밑거름이 되어 해양수도 부산의 미래를 더욱 단단하게 지탱해 줄 것이라 믿습니다.

[2장]

해양수산부
부산 이전의 당위성과
현실적 과제들

Q13. '해양수산부 부산 이전'을 '국가균형발전' 차원으로 이해하는 분들이 많은 것 같습니다. 그런데 '국가균형발전'이 아닌 '국가생존 전략'으로 규정하셨습니다. 이 거대한 프로젝트가 대한민국 전체의 경쟁력과는 구체적으로 어떻게 직결됩니까?

많은 분이 해양수산부 부산 이전을 두고 "지방이 힘드니까 정부 부처 하나 내려보내 달라는 것 아니냐"라고 오해하십니다. 혹은 "표를 얻기 위한 정치적 셈법 아니냐"라고 폄하하기도 합니다. 하지만 단언컨대 해수부 이전은 단순한 지역 균형발전이나 분권의 차원을 넘어선, 대한민국이 21세기 패권 경쟁에서 살아남기 위한 가장 시급하고 절박한 국가생존전략입니다.

지금 세계는 바다를 중심으로 재편되고 있습니다. 북극항로 상용화, 심해 자원 개발 전쟁, 스마트 항만 구축 등 해양 산업의 트렌드는 빛의 속도로 변하고 있지요.

해수부를 부산으로 이전한 것은 단순히 청사를 옮긴 것이 아닙니다. 세계 2위의 환적항만인 부산항, 세계 최고 수준의 조선 벨트, 그리고 해양 금융과 법률 서비스가 집적될 현장 한복판에 정책 컨트롤 타워를 구축하는 일입니다. 행정, 사법, 산업, 금융, 연구가 한 곳에 모여 물리적·화학적 결합을 일으켜야 합니다.

세계적인 해양 도시들이 행정과 산업을 결합해 시너지를 내는 것을 보십시오. 해수부의 부산 이전은 수도권 일극 체제를 극복하는 상징인 동시에 대한민국을 '대륙의 꼬리'에서 '해양 강국의 머리'로 탈바꿈시키는 거대한 '게임 체인저(Game Changer)'입니다. 저는 이것이 선택의 문제가 아니라 죽느냐 사느냐가 걸린 생존의 문제라고 생각합니다.

Q14. 해양수산부의 부산 이전은 직원과 가족들에게 삶의 큰 변화를 가져온 결정이었습니다. 그 과정에서 느끼신 책임이라든지, 직원들에게 전하고 싶은 말씀이 있다면 부탁드립니다.

저 또한 이 부분에서는 전적으로 공감하며 직원들에게 무한한 책임감을 느낍니다. 난데없이 삶의 터전을 옮겨야 하는 850여 명 직원과 그 가족에게는 이것이 단순한 이사가 아니라 인생이 걸린

일입니다. 아마 날벼락을 맞은 기분이었을 겁니다. 집마다 처지와 상황이 다 다르기 때문입니다.

그래서 저는 장관 재임 시절 '이전은 강제가 아니라 설득과 비전의 공유여야 하며, 결단에 걸맞은 지원책이 따라야 한다'라는 원칙을 세웠습니다. '팀 위드 유(Team With U)'라는 전담 상담팀을 만들어 상담을 희망하는 직원 한 분 한 분의 애로사항을 직접 듣게 했어요. 그리고 그 목소리를 바탕으로 정부와 부산시가 협력하여 '주거·정착·교육·교통'을 아우르는 촘촘한 지원 패키지를 확정했고, 해수부 850여 명의 직원과 가족들이 부산으로 이전하는 데 큰 문제가 없었다는 점을 강조하고 싶습니다.

지금의 대한민국이 있기까지 수많은 분의 노고와 특별한 헌신이 있었던 것처럼, 해양수산부 부산시대 역시 우리 해수부 직원들과 그 가족들의 용기 있는 결단, 주변의 수많은 도움에서부터 시작되었습니다. 변화의 무게를 감내하며 국가의 새로운 길을 함께 열어 준 시대의 선택이었습니다.

부산은 해양 산업과 현장이 함께 살아 숨 쉬는 역동적인 도시입니다. 이제 부산은 해수부와 우리 직원들이 전문성을 더욱 높이고, 미래 비전을 펼쳐 나가는 새로운 무대로 자리 잡고 있습니다. 직원들께 꼭 드리고 싶은 말씀이 있습니다.

"우리는 단순히 근무지를 옮기는 것이 아니라, 대한민국의 미래를 그리는 북극항로 개척자이자 대한민국 해양수도의 기틀을 닦는 역사적인 여정을 함께 시작한 것입니다."

지금 드리는 이 말씀을 반드시 지켜내겠습니다. 익숙한 삶의 터전을 뒤로하고 새로운 현장으로 큰 발걸음을 내디더 준 우리 해수부 직원과 가족 여러분께 이 자리를 빌려 다시 한번 깊은 감사의 마음을 전합니다.

Q15. "날벼락 맞은 기분일 것"이라는 말씀이 뼈아프게 들립니다. 말씀하신 대로 850명의 공무원에게는 850개의 절절한 사연이 있었을 텐데요. 가슴 아팠거나 기억에 남는 순간이 있다면 언제였습니까?

가장 가슴 아팠던 것은 역시 '가족' 이야기였습니다. 저는 장관 취임 직후 개인 휴대전화 번호를 전 직원에게 24시간 공개했습니

국민주권 정부 출범 100일 계기
해양수산 분야
성과 및 향후 계획
202

다. "힘든 게 있으면 직접 문자 달라"고 했더니 정말 구구절절한 사연들이 쏟아졌습니다. 초기에는 많은 문자들이 왔었습니다.

자녀가 전학을 해야 하는데 친구들과 헤어져야 하니 하루 종일 울고 있다, 또 배우자가 타 부처 공무원인데 어떻게 해야 할지 모르겠다, 그다음에 집이 안 팔려서 발을 동동 구르는 사연, 전세 계약기간이 1년 이상 남았다는 사연……. 굉장히 다양합니다.

850이라는 건조한 숫자 뒤에는 이렇게 구구절절하고 애달픈 850가지의 인생이 있었습니다. 제가 그 모든 문제를 단번에 해결해 드릴 수는 없어서 때로는 밤잠을 설칠 정도로 괴로웠습니다. 하지만 그래서 더더욱 이 이전을 반드시 성공시켜야겠다고 다짐했습니다. 저는 그 무엇보다 '정주 여건' 마련을 제1원칙으로 삼았습니다. 아이들이 불이익 없이 학교에 다닐 수 있게 하고, 가족이 함께 내려와 살 수 있는 주거 지원책을 마련하는 데 모든 행정력을 쏟았습니다. 직원이 행복해야 국민을 행복하게 하는 정책이 나올 수 있다고 생각했기 때문입니다.

그렇게 이전이 완료된 지금은 직원 만족도가 크게 높아졌고, 타 부처에서 전입 희망자도 나오고 있다고 합니다. 참 다행인 일이지요.

더불어 부산으로 이주한 850여 명의 직원과 그 가족들을 따뜻하게 이웃으로 맞아 주신 우리 부산 시민 여러분께도 감사하다는 말씀을 드리고 싶습니다.

진정한 해양수산부 부산시대는 우리 모두가 "아, 해양수산부가 부산에 오길 참 잘했다"라고 함께 느끼며 웃을 수 있을 때 비로소 열릴 것이라고 생각합니다. 그날까지 저 역시 책임 있는 자세로 최선을 다하겠습니다.

전재수, 부산의 미래를 열다

3장

해양수도의 심장을 완성하다

Q16. 의원님은 늘 '해수부 이전', '해사전문법원', '동남투자공사', '해운 대기업 본사 부산 유치'를 묶어 '4종 세트'라 부르십니다. 하나만 하기도 벅찬데 꼭 이 네 가지가 함께 움직여야 하나요?

도시를 하나의 유기체, 살아있는 사람 몸으로 비유해 봅시다. 해양수산부가 부산으로 오는 것은 '머리(행정-해양수산부)'가 오는 것입니다. 정책을 결정하고 지시를 내리는 컨트롤 타워죠. 하지만 머리만 있다고 몸이 움직입니까? 혈관에 피가 돌게 해주는 '심장(금융-동남투자공사)'이 있어야 하고, 사회적 갈등을 조정하고 규칙을 적용하는 '신경망(사법-해사전문법원)'이 있어야 하며, 실제로 손발이 되어 밥을 벌어오는 '근육(기업-해운·물류기업)'이 있어야 합니다.

이 네 가지는 개별적인 기관이 아닙니다. 서로가 서로를 필요로 하는 불가분의 생태계입니다. 기업이 들어오려 해도 돈(투자공사)과 법적 보호(법원)가 없으면 주저합니다. 반대로 금융과 법원이 있어도 고객인 기업이 없으면 무용지물입니다. 그래서 저는 이것을 하나씩 따로 가져오는 것이 아니라 '해양수도 완성 4종 세트'로 묶어서 동시다발적으로 추진해야 한다고 주장하는 것입니다.

과거에는 부산에 항만은 있는데 금융은 서울에 있고, 배는 있는데 재판은 영국에서 받는 식의 '각개약진'을 했어요. 그렇다 보니 부산이 가진 엄청난 인프라에도 불구하고 시너지 효과를 내지 못하고 하방 곡선을 그렸던 것입니다. 이제는 달라야 합니다. 이 네 가지를 한곳에 모아 집적화함으로써 1 더하기 1이 2가 아니라 100, 1000이 되는 폭발적인 시너지 효과를 만들어내야 하는 것이죠. 그것이 우리가 늦게 출발한 북극항로 경쟁에서 세계를 따라잡고 선점할 수 있는 유일한 전략입니다.

Q17. 바다에서 생긴 분쟁을 해결하는 데 연간 5,000억 원의 국부가 해외(영국, 싱가포르 등)로 유출되고 있습니다. 해사전문법원이 부산에 생기면 얼마나 아낄 수 있을까요?

안타까운 현실입니다만, 지금 우리 선박들이 바다에서 사고가 나거나 분쟁이 생겨도 재판은 영국 런던이나 싱가포르에 가서 받습니다. 왜냐? 국내에는 해양 사건을 전문적으로 다룰 법조인과 시

스템이 부족하기 때문입니다. 우리가 '조선 1위, 해운 강국'이라고 자부하지만, 정작 그 배들이 낸 사고 하나 우리 손으로 판결하지 못하는 사법 주권의 공백 상태입니다. 이로 인해 해외 로펌과 법원으로 빠져나가는 돈만 연간 적게는 3,000억 원에서 많게는 5,000억 원에 달합니다.

해사전문법원이 부산에 설립되면 우선 이 막대한 국부 유출을 막을 수 있습니다. 그런데 이 부분은 해사전문법원이 가져올 경제적 효과의 1퍼센트도 안 됩니다. 진짜 중요한 것은 '파생 효과'입니다. 영국 런던을 보십시오. 법원을 중심으로 해상 전문 로펌, 보험, 금융, 컨설팅 등 거대한 지식 서비스 산업 생태계가 형성되어 있습니다.

해사 사건이 발생하면 선박이 압류되고, 화물 인도가 지연되고, 기름 유출 시 환경 피해 산정까지 수많은 복잡한 절차가 따릅니다. 이 과정 과정마다 엄청난 부가가치가 발생합니다. 부산에 해사전문법원을 유치한다는 것은 단순히 법원 건물을 짓는 게 아니라 이러한 고부가가치 해양 법률 서비스 산업을 부산에 통째로 이식하여 '지식 기반 해양수도'로 업그레이드한다는 의미입니다.

지금은 전 세계 해사 계약의 표준이 영국 법을 따르고 있어 울며 겨자 먹기로 런던으로 가지만, 부산에 법원이 생기고 우리만의 판

례와 데이터가 쌓이면 이야기가 달라집니다. 2030년 북극항로가 열릴 때쯤이면 아시아에서 발생하는 해사 분쟁은 런던이 아니라 '부산 해사전문법원'에서 해결하는 시대가 올 것입니다. 이것이 진정한 해양 강국의 완성입니다.

Q18. 의원님께서 대표 발의하신 해사전문법원 설치법이 통과됐습니다. 부산에 어떤 변화가 있을까요?

얼마 전 국회 본회의를 통과한 해사전문법원 부산 설치 법안은 저에게 개인적으로도, 또 부산의 미래를 위해서도 매우 뜻깊은 성과입니다. 이 법안은 제가 대표 발의했고, 해양수산부 장관으로 재임하는 동안에도 수없이 강조해 왔던 사안입니다. 단순히 법원 하나를 유치하는 문제가 아니라, 부산이 '해양수도'로 도약하기 위한 핵심 인프라를 갖추는 일이라고 생각해 왔기 때문입니다.

그동안 우리 해사 분쟁 사건 상당수가 영국 런던이나 싱가포르 같은 해외 법정으로 넘어가면서 매년 수천억 원대의 수임료와 관련 부가가치가 국외로 유출돼 왔습니다. 우리 기업과 선사들이 비용과 시간을 이중으로 부담해야 했고, 국가적으로도 아쉬운 구조였습니다. 그런 현실을 지켜보며 반드시 국내, 특히 해양 산업의 중심지인 부산에 전문 법원을 두어야 한다는 필요성을 절감해 왔습니다.

해사전문법원이 부산에 설치된다는 것은 재판 기능 하나가 추가되는 데 그치지 않습니다. 글로벌 해사 전문 로펌과 법률 서비스 산업이 자연스럽게 부산에 자리 잡게 되고, 선박 보험·해상 금융·중재 산업 같은 고부가가치 지식 산업이 함께 성장할 수 있는 토대가 마련됩니다. 이는 단순한 일자리 증가를 넘어, 부산 경제의 체질을 제조·물류 중심에서 법률·금융·서비스가 결합된 고부가가치 구조로 전환시키는 계기가 될 것입니다. 또한 국제 재판과 중재를 위해 전 세계 해운 관계자들이 부산을 찾게 되면 호텔·관광·전시·컨벤션 등 MICE 산업에도 새로운 활력이 생길 것으로 기대하고 있습니다.

저는 여기서 한 걸음 더 나아가, 앞으로 전 세계 해양 분쟁과 북극항로 시대의 새로운 질서가 부산에서 논의되고 해결되는 구조를 만들고 싶습니다. 부산이 단순히 '항구도시'에 머무는 것이 아

해양수산부장관

니라, 해양 질서를 설계하고 조정하는 도시로 성장해야 한다고 봅니다. 이번 법안 통과는 그 출발선에 선 것이고, 이제부터가 진짜 시작이라고 생각합니다.

Q19. 동남투자공사는 기존 은행과 무엇이 다른지요? 또 자본금 3조 원으로 50조 원을 굴린다는 '마법 같은 공식'은 도대체 무엇입니까?

동남투자공사는 지역을 살리는 국부펀드이자 '정책금융기관'입니다. 일각에서는 은행을 만들자고 하지만 저는 단호하게 '공사(公社)'로 가야 한다고 말씀드립니다. 은행을 만들면 예금(수신)도 받아야 하고, 대출(여신) 심사도 해야 하고, BIS 비율(자기자본비율)도 맞춰야 하고, 금융당국의 촘촘한 규제를 다 받아야 합니다. 어느 세월에 투자 재원을 마련해서 적기에 투자하겠습니까?

반면 동남투자공사는 훨씬 빠르고 강력합니다. 정부 등이 출자해 자본금 3조 원을 만들면 이를 근거로 공사채를 발행할 수 있습니다. 통상적으로 레버리지(지렛대) 효과를 15배 정도 적용하면, 순식간에 약 50조 원에 달하는 투자 재원을 신속하고 안정적으로 마련할 수 있습니다.

이 50조 원은 단순한 대출금이 아닙니다. 북극항로 시대를 대비해 항만 인프라를 확충하고, 수리조선소를 짓고, 유니콘 기업을 키워내는 마중물입니다. 부산의 돈이 서울로 빨려 올라가지 않고 지역 안에서 돌고 돌며 경제를 키우는 선순환 구조, 그 심장이 바로 동남투자공사입니다.

여기서 말한 레버리지 효과를 쉽게 설명해 드리자면, 우리가 집을 살 때를 생각해 보십시오. 내 돈 3억 원(자본금)이 있다고 3억 원짜리 전세만 구하는 게 아닙니다. 내 신용과 집의 가치를 담보로 대출을 일으켜 10억 원, 20억 원짜리 집을 사지 않습니까? 동남투자공사도 원리는 같습니다. 정부가 보증하는 공사이기 때문에 신용도가 매우 높습니다. 그래서 자본금 3조 원을 종잣돈으로 삼아 시장에서 저금리로 채권(공사채)을 발행하면, 자본금의 15배인 45조~50조 원까지 자금을 끌어올 수 있는 것입니다.

일반 은행이라면 예금을 유치하고 BIS 비율을 맞추느라 몇 년이 걸려도 모으지 못할 돈입니다. 하지만 공사는 법이 통과되는 즉시 공사채를 발행해 단기간에 이 거대한 '실탄'을 마련할 수 있습니다. 이렇게 마련된 50조 원은 찔끔찔끔 나눠주는 지원금이 아닙니다. 조선소의 도크를 새로 짓고, 수소 벙커링 터미널을 건설하고, 벤처 기업을 유니콘으로 키우는 대형 프로젝트에 즉각 투입되어 부산 경제의 판을 바꾸는 거대한 동력이 될 것입니다.

Q20. "은행은 멸치고 공사는 고래다." 국회 답변 중에 아주 재미있는 비유를 하셨는데, 금융을 잘 모르는 이들을 위해 그 속뜻을 쉽게 풀이해 주신다면요?

"은행이 고래고 공사는 멸치인데 왜 멸치를 가져왔냐"라는 몇몇 분들의 주장에 저는 국회에서도 분명히 말씀드렸습니다. "동남투자공사가 고래고, 은행이야말로 멸치입니다". 은행은 덩치가 작고 겁이 많습니다. 비가 오면(경기가 어려우면) 우산을 뺏어가고, 눈앞의 이자 수익 같은 작은 먹이에만 집착합니다. 이런 '멸치 금융'으로는 거친 파도가 치는 북극항로 시대를 헤쳐 나갈 수 없습니다.

반면 동남투자공사는 '고래'입니다. 덩치가 크고 호흡이 깁니다.

당장 눈앞의 이익보다는 10년, 20년 뒤의 산업 생태계를 보고 유유히 헤엄칩니다. 기업이 일시적으로 어려워도 기술과 미래가 확실하면 버팀목이 되어 주고, 덩치 큰 인프라 사업도 꿀꺽 삼켜서 소화해냅니다.

지금 부산에 필요한 건 멸치가 아니라 산업 생태계 전체를 싣고 대양으로 나아갈 수 있는 든든한 고래 한 마리입니다. 이명박 정부 시절 실패했던 정책금융공사의 트라우마 때문에 공사를 멸치로 오해하시는 것 같은데, 정부가 강력한 의지를 갖고 추진하는 국책 사업에는 공사가 훨씬 더 유리하고 큰 힘을 발휘합니다.

구체적인 숫자를 들어볼까요? 공사(公社)가 되면 자본금의 수십 배에 달하는 공사채를 발행할 수 있습니다. 자본금 3조 원에 통상적인 레버리지(지렛대) 15배를 적용하면 순식간에 50조 원에 달하는 막대한 투자 재원을 만들어낼 수 있습니다. 은행이 예금 받고 BIS 비율(자기자본비율) 맞추고 대손충당금 쌓으며 찔끔찔끔 돈을 모으는 동안, 공사는 50조 원이라는 실탄을 즉시 장전해서 쏠 수 있는 것입니다. 북극항로라는 거대한 기회 앞에서 멸치 떼처럼 잔계산만 하고 있을 시간이 우리에겐 없습니다.

또한 이 고래는 활동 반경이 다릅니다. 기존에 있는 '한국해양진흥공사'도 HMM을 살려낸 훌륭한 기관이지만 법적으로 해운·조선·물류 분야에만 투자할 수 있다는 한계가 있습니다. 반면 동남투자공사는 '슈퍼 고래'입니다. 바다 위 배뿐만 아니라, 그 배후에 있는 부산·울산·창원의 국가산업단지, 즉 대한민국 전체 수출의 절반 이상을 담당하는 제조업 심장부에 직접 피(자금)를 돌게 할 것입니다. 해운과 제조, 물류가 하나로 묶인 거대한 산업 생태계를 통째로 업고 갈 수 있는 힘, 그것이 바로 제가 말하는 고래의 진짜 능력입니다.

Q21. 동남투자공사는 구체적으로 어떤 산업과 시장에 투자하게 됩니까? 또 싱가포르와 비교했을 때 우리의 금융·해양 산업 경쟁력은 어느 정도 수준입니까?

그 돈은 단순히 공장을 짓거나 벽돌을 쌓는 데만 쓰는 게 아닙니다. '혁신'을 사고, '시장'을 만드는 데 씁니다.

가장 단적인 예로 '선용품' 시장을 봅시다. 배에 필요한 휴지부터 엔진 부품까지 싣는 산업인데, 싱가포르 항만은 취급 품목이 무려

20,000개에 달합니다. 반면 우리 부산항은 고작 2,000여 개 수준이고 업체들도 영세해서 출혈 경쟁만 하고 있습니다. 시장의 규모와 깊이에서 우리가 싱가포르에 한참 뒤처져 있는 것이 냉정한 현실입니다. 수리조선(MRO) 분야도 마찬가지입니다.

일반 시중 은행들은 당장의 수익성이 불확실하다며 이런 분야에 투자를 꺼립니다. 그래서 국책 기관인 동남투자공사가 필요한 것입니다. 이 공사는 영하 50도를 견디는 '윈터 테크놀로지(Winter Tech)' 기업, 수소 선박 엔진을 개발하는 스타트업, 그리고 스마트 피셔리와 해양 플랜트 같은 미래 먹거리에 과감하게 투자할 것입니다.

싱가포르에는 '테마섹 홀딩스(Temasek Holdings)'라는 국부펀드가 있습니다. 이 거대한 '고래'가 항만부터 통신, 금융까지 국가 전략 산업을 주도하고 해외 알짜 기업을 인수합병하며 영토를 넓히고 있습니다. 우리도 늦었지만 서둘러야 합니다. 동남투자공사를 한국판 테마섹으로 키워, 새로운 시장을 만들고 유망 기업을 발굴하여 우리 기업의 영토를 북극항로 끝까지 넓히는 데 그 돈을 쓰겠습니다.

Q22. 해양진흥공사와 BNK가 손을 잡았다는 뉴스를 봤습니다. 이 만남이 지역 해운업계와 경제에는 어떤 실질적인 이득을 가져다줄까요?

부산이 진정한 해양수도로 거듭나기 위해서는 산업만큼이나 중요한 것이 바로 금융입니다. 아무리 좋은 배를 짓고 새로운 항로를 개척하려 해도 막대한 초기 자본이 뒷받침되지 않으면 불가능하기 때문이지요. 그런 의미에서 작년 9월 체결한 이 협약은 우리 해양진흥공사와 지역을 대표하는 BNK금융그룹이 '동남권 해양산업의 성장 기반'을 더 튼튼하게 만들기 위해 손을 맞잡았다는 데 큰 의미가 있습니다. 협약서에는 구체적으로 네 가지의 중요한 약속이 담겨 있습니다.

첫째, 중소·중견 선사들의 든든한 버팀목이 되기로 했습니다. 경기가 어려워도 지역 기반 선사들이 안정적으로 운영될 수 있도록, 공사의 '정책금융'과 BNK의 '지역 금융'을 연결해 유동성을 지원하고 맞춤형 금융 상품을 개발하기로 했습니다.

둘째, 북극항로 개척을 위한 종합 금융 지원입니다. 북극항로는 단순히 배만 띄우는 게 아닙니다. 선박부터 물류 체계, 항만 인프라까지 막대한 투자가 필요한 복합적인 분야입니다. 두 기관이 힘을 합쳐 자금을 지원함으로써 우리 동남권 기업들이 이 새로운 시장에 더 많이 진출할 수 있도록 돕자는 것입니다.

셋째, ESG 기반 금융의 확대입니다. 지금 조선·해운업계는 친환경 선박으로의 전환과 해상풍력 등 에너지 전환이 시급합니다. 이에 발맞춰 두 기관이 함께 투자의 속도를 높여 친환경 시대를 선도하자는 내용입니다.

마지막 넷째는 새로운 협력 기회의 발굴입니다. 단순히 돈만 빌려주는 것이 아니라 지역의 조선·해운·물류·에너지 기업들이 서로 연결되어 함께 성장할 수 있는 '산업 생태계'를 공동으로 만들어 가기로 했습니다.

해양진흥공사는 정책금융의 역할을, BNK는 지역 밀착형 금융의 역할을 맡아 북극항로와 신(新)해양 산업까지 아우르는 튼튼한 금융 생태계를 부산과 동남권에 구축하겠다는 것이 이번 협약의 핵심입니다.

정책금융의 안정성과 민간 금융의 유연함이 결합하는 이 협약을 마중물로, 향후 동남투자공사 설립까지 완료된다면 부산은 런던이나 싱가포르 부럽지 않은 아시아의 '해양 금융 허브'로 도약할 수 있으리라 믿습니다.

Q23. 민간기업인 HMM의 본사 부산 유치를 정부가 강제할 수 있습니까?

물론, HMM은 주식회사입니다. 민주주의 국가에서 정부가 민간기업의 팔을 비틀어 강제로 이사시킬 수는 없습니다. 하지만 HMM의 역사를 봐야 합니다. 2016년 해운 위기로 산업은행과 한국해양진흥공사를 통해 7조 4천억 원에 달하는 국민 혈세가 공적자금으로 투입되었습니다. 산업은행과 해양진흥공사의 보유 지분을 합치면 정부 측 지분율이 70퍼센트가 넘습니다. 사실상 국민 기업이자 공기업적 성격을 갖고 있습니다.

따라서 국가균형발전과 해운 산업 경쟁력 강화라는 국정 목표에 맞춰 본사 이전을 추진하는 것은 대주주로서 충분히 할 수 있는 일이며 이는 국정과제로 확정된 사안입니다. 다만 일방적으로 밀어붙이지는 않겠습니다. HMM이 오늘날 세계 8위 선사가 된 데에는 직원들의 피땀 어린 헌신이 있었음을 잘 알고 있습니다.

저는 일방통행식 추진보다는 확실한 유인책을 통한 설득을 선택했습니다. 이를 위해 「부산 해양수도 이전기관 지원에 관한 특별법」을 소관하는 부처의 장관으로서 법안이 조속히 마련될 수 있도록 적극 노력했습니다. 제도적 기반이 마련된 만큼, 앞으로는 이전 기업들에 대한 실질적인 지원 대책들이 구체화되고, 현장에서 실효성을 갖출 수 있도록 보완해 나가려 합니다.

HMM이 부산에 오면 무엇이 좋은가? 해수부가 옆에 있어 행정처리가 빠르고, 해사전문법원이 있어 법적 리스크를 해결하고, 동남투자공사가 자금을 지원해 줍니다. 여기에 북극항로의 시발점이라는 지리적 이점까지 더해집니다.

'서울 빌딩 숲에 있는 것보다 부산에 있는 것이 돈을 버는 데 훨씬 유리하다'는 것을 증명하겠습니다. 정부와 지자체, 업계가 머리를 맞대는 '이전지원협의회'를 구성하여 기업의 니즈와 직원들의 고충을 세심하게 살피겠습니다. "부산에 갔더니 기업 가치가 오르고 직원들의 삶이 나아졌다"라는 평가를 받을 수 있도록 진정성 있게 소통하고 지원하겠습니다.

글로벌 주요 컨테이너 선사 본사 위치 및 선복량

순위	선사명	국가	본사위치	선복량 (TEU)	선박수	발주량 (TEU)	선복량 + 발주량
1	MSC (단독)	스위스	제네바 (수도×, 항구×)	6,748 (24.5%)	899	2,286	9,034
2	Maersk (Gemini)	덴마크	코펜하겐 (수도○, 항구○)	4,597 (16.7%)	736	666	5,263
3	CMA CGM (OCEAN)	프랑스	마르세유 (수도×, 항구○)	4,016 (14.6%)	663	1,489	5,505
4	COSCO (OCEAN)	중국	상하이 (수도×, 항구○)	3,425 (12.4%)	525	1,134	4,559
5	Hapag-Lloyd(Gemini)	독일	함부르크 (수도×, 항구○)	2,423 (8.8%)	304	370	2,793
6	ONE* (Premier)	일본	싱가포르 (수도○, 항구○)	2,091 (7.6%)	263	657	2,748
7	Evergreen (OCEAN)	대만	타이페이 (수도○, 항구×)	1,858 (6.7%)	227	739	2,597
8	HMM (Premier)	한국	서울 (수도○, 항구×)	941 (3.4%)	84	61	1,002
9	Zim	이스라엘	하이파 (수도×, 항구○)	762 (2.8%)	128	146	908
10	Yang Ming (Premier)	대만	지룽 (수도×, 항구○)	726 (2.6%)	98	231	957

(단위: 천TEU) 2025년 8월 기준

10개 선사 중 7개 선사가 항구도시에 본사 위치

* 일본 3개 선사(K-Line, MOL, NYK) 합작 투자로 출범하여 사업영업본부 위치

Q24. HMM 본사가 부산으로 이전하면 부산항과 지역 경제에 어떤 변화의 바람을 일으킬까요?

HMM 본사의 부산 이전은 단순히 대기업 하나가 들어오는 차원의 이야기가 아닙니다. 부산이라는 도시가 진정한 해양수도로 작동하기 위해 꼭 필요한 '비즈니스의 엔진'을 장착하는 일이기 때문입니다. 이미 부산에는 세계 2위의 환적항만인 부산항이 있고, 선박과 선원을 관리하는 기업들, 그리고 한국해양대학교와 한국해양수산개발원 같은 우수한 연구 기관이 자리 잡고 있습니다. 여기에 해양수산부가 이전했고 앞으로 해사전문법원과 동남투자공사까지 신설돼 행정·사법·금융·연구 기능이 모두 집적된 상황에서 세계 8위의 컨테이너 선사인 HMM까지 온다면 부산은 그야말로 완벽한 해양수도의 진용을 갖추게 됩니다.

이것이 경제에 미치는 영향은 단순한 기업 유치 그 이상입니다. 하버드대 경제학과 에드워드 글레이저 교수는 저서 《도시의 승리》에서 '도시에 기업과 대학, 공공기관이 밀집되면 그 자체로 혁신을 강화하는 효과가 발생한다'라고 했습니다. HMM의 이전은 부산을 북극항로 개척을 비롯한 글로벌 해운 산업 혁신의 중심지로 만들 것이고, 이러한 혁신은 또 다른 혁신을 불러일으키는 거대한 선순환의 시발점이 될 것입니다.

이렇게 형성된 혁신생태계를 누리기 위해 수많은 연관 기업과 기관들이 부산으로 모여들 겁니다. HMM과 협력하는 중소기업, 스타트업이 늘어나고 지역 내 직접 투자와 고용이 활발해지면 부산은 '노인과 바다'라는 정적을 깨고 양질의 일자리가 넘치는 '청년과 바다'의 도시로 변모하게 될 것입니다. HMM 유치는 단순한 본사 이전을 넘어 부산 경제의 체질을 젊고 강하게 바꾸는 확실한 신호탄입니다.

Q25. HMM뿐만 아니라 다른 해운 기업들의 부산 이전도 가시화되고 있나요? 최근 SK해운과 에이치라인해운의 본사 이전 소식이 들리는데, 구체적인 현황과 의미가 궁금합니다.

HMM 유치가 미래의 목표라면, SK해운과 에이치라인해운의 이

전은 눈앞에서 확인되는 현재의 성과라 할 수 있겠습니다. 해양수산부의 부산 이전이 확정되면서 민간 기업들도 발 빠르게 움직이고 있어요.

지난해 12월 5일, 장관 재임 시절에 에이치라인해운, SK해운과 함께 본사 부산 이전 계획을 공식 발표했고 그 약속은 해를 넘기자마자 현실이 되었습니다. 올해 1월부로 SK해운은 본사를 서울 중구에서 부산 동구 흥국생명 사옥으로, 에이치라인해운은 부산 중구의 CJ대한통운 부산지사 건물로 공식 이전했습니다. 등기상 본사 주소 변경을 완료했으며, 현재 순차적인 인력 이동과 사무공간 확장을 진행 중입니다.

이것은 단순히 주소지만 옮긴 것이 아닙니다. 국내 굴지의 해운 사들이 부산을 실질적인 경영의 거점으로 선택했다는 신호탄입니다. 이 기업들이 부산에 뿌리를 내리면 관련 법무·금융·선박관리와 같은 연관 산업들도 줄줄이 따라올 수밖에 없습니다. 해수부가 뚫어놓은 길로 민간 기업들이 달려오는 이 흐름, 이것이 바로 제가 말씀드린 '해양수도 부산'의 역동적인 변화입니다.

4장

"누구도 되돌릴 수 없도록"
법과 제도로 박은 대못

Q26. 지난 연말, 의원님께서 그토록 공을 들였던 「부산 해양수도 특별법」이 드디어 제정되었습니다. 이 법이 왜 그렇게 절실했고, 어떤 내용을 담고 있는지 소개해 주세요.

이 법안의 정확한 명칭은 「부산 해양수도 이전기관 지원에 관한 특별법」입니다. 저는 이 명칭 자체가 매우 의미있다고 생각합니다. 우리나라 헌법에는 '수도는 서울'이라는 성문 규정이 없고, 서울은 헌법재판소 결정에 따라 관습헌법상 수도로 인정되어 왔습니다. 세종 역시 행정 기능 이전을 규정한 법률은 있지만, 법률에 '행정수도'라는 표현이 직접 명시된 것은 아닙니다. 이러한 점에서 법률 명칭에 '해양수도'라는 표현이 직접 사용된 것은, 부산이 정치적 구호를 넘어 법률적 언어로 해양 중심도시로서의 정체성을 확인받은 상징적인 전환점이라고 할 수 있습니다.

사실 작년에 해수부의 연내 이전을 결정했을 때, 가장 큰 고민은 '사람'이었습니다. 국가의 백년지대계를 위해 이전은 필수적이었지만, 삶의 터전을 옮겨야 하는 850여 명의 직원과 그 가족들이 겪을 불편과 희생이 눈에 밟혔기 때문입니다. 주거, 교육, 정착 등 이들을 지원할 '확실한 법적 근거' 없이는 이 거대한 프로젝트가 사상누각이 될 수밖에 없다는 절박함이 있었습니다.

그래서 저는 장관 재임 시절 국회를 수없이 오가며 여야 의원님들을 설득했습니다. "이 법은 특정 지역이나 부처를 위한 특혜가 아니라, 국가 정책을 믿고 따르는 공직자들에 대한 최소한의 국가적 책무이자 생존법"이라고 호소했지요. 때로는 여야의 이견으로 진통도 있었지만 지역 소멸을 막아야 한다는 대의 앞에서는 결국 여야가 뜻을 모았고, 그 결과 지난해 11월 27일 국회 본회의 통과, 12월 4일 공포라는 역사적인 결실을 맺게 됐습니다.

이 특별법의 핵심은 사람과 기업에 대한 실질적인 지원입니다. 이전하는 기관과 기업에는 사무소 신축비 지원과 국·공유재산 임대료 감면 혜택을 주어 부담을 덜어 주었습니다. 무엇보다 직원들에게는 주거지원과 이사비·이주지원비 지급 등은 물론, 자녀 전·입학 편의 제공과 자녀의 학업 및 출산·양육에 대한 지원까지 피부에 와닿는 실질적인 혜택을 법으로 보장했습니다. 이제 정부와 부산시는 이 법을 근거로, 이주 직원들이 부산에 안정적으로 뿌리내릴 수 있도록 전폭적인 지원을 할 수 있게 된 것입니다.

그 덕분에 해양수산부의 부산 이전은 날개를 달았습니다. HMM

같은 해운 기업과 관련 공공기관들이 부산으로 올 수 있는 '제도적 고속도로'가 뚫린 셈이니까요. 앞으로 이 법을 토대로 이주 직원들이 부산 시민으로서 자연스럽게 정착하고, 더 많은 해양 기업들이 부산을 선택하는 선순환이 이어지기를 기대합니다.

Q27. HMM 매각과 관련해 민영화보다 유독 '공공이 지켜야 한다'고 강조해 오셨는데 그 이유는 무엇입니까?

우리는 2017년 한진해운 파산이라는 뼈아픈 역사를 절대 잊어서는 안 됩니다. 당시 세계 7위였던 국적선사가 하루아침에 공중 분해되면서 대한민국은 물류 주권에 큰 상처를 입었고, 그 피해는 고스란히 우리 수출 기업과 국민에게 돌아왔습니다. 그 비극의 근본 원인이 무엇이었습니까? 글로벌 해운 불황과 구조적 문제도 있었지만, 결정적으로는 해운업을 단순히 '돈벌이 수단'으로만 보고, 위기가 닥치자 자본을 빼버린 민간 금융의 논리 때문이었습니다.

HMM(구 현대상선)은 국민의 혈세로 기적처럼 되살려낸 회사입니다. 무려 7조 4천억 원에 달하는 공적자금이 투입되었습니다. 그때 우리 국민의 피땀 어린 혈세가 없었다면, 그리고 뼈를 깎는 구조조정을 묵묵히 견뎌낸 직원들의 헌신이 없었다면, 오늘날 세계 8위의 국적선사 HMM은 존재하지 않았을 것입니다. HMM은 겉으로는 주식회사 형태를 띠고 있지만 내막을 들여다보면 산업은행과 해양진흥공사 지분이 70퍼센트가 넘는, 사실상 정부가 대주주인 기업입니다. 그런데 이 회사가 흑자를 낸다고 해서 당장 눈앞의 매각 차익만 보고 섣불리 민간 기업에 넘긴다면 그것은 '제2의 한진해운 사태'를 예고하는 것이나 다름없습니다.

해운업은 국가의 기간산업입니다. 전쟁이나 비상사태 시에는 전략 물자를 수송해야 하는 안보 자산이기도 합니다. 시장 논리에만 맡겨두기에는 너무나 중요한 자산이기에, 국가 해양 전략이라는 큰 틀 안에서 신중하게 지배구조를 설계해야 한다고 생각합니다. 이것이 제가 '공공 지배구조'를 강조하는 이유입니다.

제가 구상하는 모델은 포스코와 같은 국민 기업 형태, 혹은 독일 함부르크의 하파그로이드(Hapag-Lloyd)처럼 지자체(부산시)와 공공기관(항만공사 등)이 대주주로 참여해 경영의 안정성을 보장하는 구조입니다. 특히 부산시가 주주로 참여하게 되면 HMM 본사의 부산 이전 역시 확실한 명분을 갖게 됩니다. HMM은 단순한 기업이 아닙니다. 바다 위의 영토이자, 대한민국 경제의 핏줄입니다. 이 핏줄을 사사로운 이익을 추구하는 사기업의 논리에 그대로 맡길 수는 없습니다.

Q28. "해운은 제4군(軍)이다"라는 비장한 말씀도 하셨었죠. HMM에 대한 포스코 같은 대기업 인수설이 나올 때마다 신중론을 펴신 이유가 바로 이 '안보 논리' 때문일까요?

'제4군(軍)'이라는 말은 과장이 아니라 현실을 설명하는 표현입니다. 전쟁이나 국가 비상사태가 발생했을 때 육·해·공군 다음으로 중요한 것 중 하나가 바로 상선대(Merchant Marine), 즉 국적 상선입니다. 군수 물자를 나르고 에너지를 수송하며 식량을 공급하는 생명선 역할을 하기 때문입니다.

우크라이나 전쟁과 중동 분쟁을 보십시오. 글로벌 공급망이 흔들리면 안보가 위협받습니다. 우리나라는 에너지의 93퍼센트, 식

량의 약 70퍼센트를 수입에 의존하고 있고, 그 수입 물동량의 99.7퍼센트가 바다를 통해 들어옵니다. 만약 국적선사가 없다면? 외국 선사들이 부르는 게 값이 되어도 울며 겨자 먹기로 매달려야 하고 그마저도 끊기면 나라가 멈춥니다. 즉, 해운은 곧 안보입니다.

이런 이유로 저는 HMM 같은 거대 국적선사를 포스코나 특정 대기업 집단이 단독으로 인수하는 것에 매우 신중해야 한다고 봅니다. 특정 기업이 주인이 되면 국가 안보 논리보다 그룹 차원의 이윤 논리가 우선될 위험이 있습니다. 또한 포스코처럼 대형 화주(貨主)가 선사(船社)까지 소유하게 되면, 시장의 공정한 경쟁 질서가 훼손될 우려도 있습니다. 현재 포스코의 물량은 국내 여러 해운사가 나누어 운송하고 있습니다. 만약 특정 대기업이 국적선사를 인수하여 자기 물량을 독점하게 된다면 나머지 중소 해운사들은 생존의 위기에 내몰릴 수밖에 없습니다.

해운업은 황금알을 낳는 거위일 때도 있지만 국가를 위해 궂은 일을 해야 하는 '보급 부대'일 때도 있습니다. "돈이 되니까 인수한다"라는 기업 논리만으로는 이 막중한 책임을 감당하기 어렵습니다. 해운을 제4군으로 대우한다는 것은, 군대를 민영화하지 않듯이 국가 물류의 핵심 자산 역시 공공의 통제 아래, 국가 전략의 틀 속에서 관리해야 한다는 저의 확고한 소신입니다.

Q29. 인터뷰 도중 "어려운 시절, 잘 버텨줘서 고맙다"고 한 말씀에 울컥했다는 분들이 많습니다. 지난 20년 부산을 지켜 온 시민들에게 전하고 싶은 진심이 있다면요?

방송 인터뷰 중에 이 말씀을 드리면서 저도 모르게 가슴이 먹먹해졌습니다. 지난 30여 년간 부산은 참으로 혹독한 겨울을 견뎌 왔습니다. 신발 공장이 문을 닫고, 조선소가 구조조정의 칼바람을 맞고, 청년들이 일자리를 찾아 짐을 싸서 떠나는 뒷모습을 우리는 속수무책으로 지켜봐야 했습니다. 사람들은 부산을 두고 '노인과 바다'라며 자조 섞인 농담을 던지기도 했습니다.

하지만 그 모진 세월 속에서도 부산 시민 여러분은 '항만'이라는 대한민국의 씨앗을 지켜 주셨습니다. 컨테이너 트럭이 내뿜는 매연과 소음을 묵묵히 견뎌 주셨고, 밤낮없이 돌아가는 크레인의 불빛 아래서 땀 흘려 일해 주셨습니다. 여러분이 그 인프라를 지켜 주지 않았다면 오늘날 우리가 '북극항로'라는 꿈을 꿀 자격이나 있었겠습니까?

"여러분이 포기하지 않고 지켜낸 이 부산항이, 이제 대한민국을 먹여 살릴 가장 강력한 무기가 되었습니다. 그동안 고생 많으셨습니다. 정말 고맙습니다.”

이제 겨울이 가고 봄이 오고 있습니다. 부산에 뿌리를 내린 해양수산부를 중심으로 북극항로가 활짝 열리고, 꿈을 찾아 부산을 떠났던 아이들이 부산으로 다시 돌아오는 그날이 머지않았습니다. 여러분이 지켜낸 부산은 다시 한번 대한민국의 심장으로 힘차게 뛸 것입니다. 저는 부산의 아들로서 여러분과 함께 그 가슴 벅찬 봄을 맞이하고 싶습니다. 시민 여러분, 이제 기를 펴십시오. 우리 부산의 시대가 오고 있습니다.

제3부

우리 일꾼, 우리 전재수의 약속

저는 정치를 하면서 단 한 번도 '쉬운 길'이나 '화려한 길'을 탐해본 적이 없습니다. 중앙 정치의 논리가 우리 부산의 이익과 충돌할 때, 저는 주저 없이 부산의 편에 섰습니다. 정쟁에 매몰되어 지역의 절박한 현안이 뒷전으로 밀려나는 현실을, 부산의 일꾼으로서 결코 외면할 수 없었기 때문입니다.

그 끈질긴 고집과 실천이 모여 '공약 이행률 98퍼센트'라는 숫자를 기록했습니다. 이 숫자는 단순히 지표상의 기록이 아니라, 부산 발전을 위해서라면 누구와도 손을 잡고 밤낮없이 뛰어다닌 제 진심의 무게입니다. 때로는 우리 당의 정책이라 할지라도 부산의 미래를 가로막는 일이라면 날카롭게 맞섰고, 상대 당의 제안이라도 시민의 삶을 이롭게 하는 일이라면 정치적 경계를 허물고 기꺼이 힘을 합쳤습니다.

화려한 단상보다 골목의 민원을 해결하고 예산을 확보하기 위해 밤낮없이 일하고 또 일했던 지난 시간, 오직 '부산'이라는 나침반 하나로 달려온 시간은 제가 가진 가장 소중한 정치적 밑거름입니다. 말보다 앞서는 실천으로 정치를 대하고자 노력해 왔으며, 시민 한 분 한 분께 드린 약속을 천금같이 지켜 온 이 신뢰의 기록을 앞으로 부산의 미래를 열어 가는 모든 여정에서 변치 않는 주춧돌로 삼고자 합니다.

부산의 경제 지도, 실전으로 완성하겠습니다

전재수의 모든 행보는 하나의 목표를 향해 있습니다. 부산을 대한민국의 해양수도로 도약시키는 것, 세계 해양 질서를 설계하는 글로벌 해양 허브로 재편하는 것입니다. 부산의 3선 국회의원으로서, 해양수산부 장관으로서 전재수가 일관되게 선택해 온 방향입니다.

첫째, 부산에 정책·산업·자본이 유기적으로 연결되는 해양수도권의 전략적 혈맥을 구축했습니다. 부산의 글로벌 경쟁력을 제약해 온 데는 항만과 산업, 정책과 자본이 분절되어 있는 구조적 한계에 있습니다. '동남권 발전 방안 4종 세트'는 이러한 단절을 해소하고 행정·사법·기업·금융 인프라를 하나의 체계로 묶기 위한 전략적 선택이었습니다. 그 핵심 축 가운데 하나인 해양수산부 부산 이전은 이미 완료되어, 해양수도권 구상 전반을 견인하는 실질적인 추진 동력으로 작동하고 있습니다.

둘째, 부산의 경제 체질을 바꾸는 데 집중했습니다. 단순히 행정기관을 이전시키는 것을 넘어서 동남투자공사와 해사전문법원 등 부산에 금융과 법률이라는 고부가가치 산업이 정착될 수 있도록 했습니다. 해운·물류 기업들을 부산에 유치하는 것을 통해, 부산을 물류 거점이 아니라 해운 경영과 전략적 의사결정이 이루어지는 중심지로 전환하고자 했습니다. 제조와 물류에 치우쳤던 부산의 산업 구조를 한 단계 끌어올리는 선택이었습니다.

셋째, 기후위기라는 거대한 파도를 부산과 대한민국 해양의 새로운 기회이자 지속 가능한 터전으로 전환하고자 했습니다. 기후위기는 추상이 아니라 생존의 문제입니다. 녹아내리는 북극 빙하가 만들어내는 새로운 바닷길 '북극항로 시대'에 대비하는 한편, 기후변화가 해양 현장의 생계 위기로 이어지지 않도록 대응 체계를 강화했습니다.

전재수의 기준은 분명합니다.
이 선택이 오늘을 어제보다 조금 더 살 만하게 바꾸는가,
우리의 미래를 더 단단하게 만드는가를 묻습니다.
그 질문을 앞에 두고 늘 선택했고, 결과로 답해 왔습니다.

1장

세계를 누비는 해양 경제,
민생을 지키는 스마트 수산

Q1. 함정의 생애 주기 전체를 관리하는, 미국 함정 MRO 시장을 한국 조선소(부산·울산·거제)로 가져오자는 제안의 핵심은 무엇입니까?

지금 미국은 'MASGA(Make American Shipbuilding Great Again, 미국 조선업을 다시 위대하게)'라는 기치 아래 무려 1,500억 달러, 우리 돈으로 약 210조 원이라는 천문학적인 예산을 쏟아부을 준비를 하고 있습니다. 자국의 무너진 조선업 생태계를 되살리겠다는 것이죠.

그런데 여기에는 미국의 딜레마가 있습니다. 돈은 있는데 배를 고칠 도크(Dock)와 숙련 기술자가 턱없이 부족합니다. 실제로 미 해군 함정의 상당수가 제때 수리를 받지 못해 작전 투입이 지연되는 실정입니다. 심지어 태평양을 담당하는 함정들이 수리할 곳이 없어 필리핀 수빅 조선소까지 가서 보안 장비를 다 떼어내고 수리를 받는 비효율을 겪고 있습니다.

바로 이 지점에서 제가 산업통상자원부 장관에게 제안했습니다.

"미국이 쓰려는 그 막대한 예산 일부를, 한국의 수리조선 단지에 투자하게 합시다."

미국은 안보 공백을 메울 수 있어 좋고, 우리는 안정적인 장기 일감을 확보해 좋은 윈-윈 전략입니다. 세계 최고 수준의 조선 기술과 보안 역량을 동시에 갖춘 미국의 동맹국은 대한민국뿐이니까요.

저는 부산 신항 남측에 조성 중인 대형 수리조선 단지, 부산·울산·거제 선박 수리조선 단지가 그 해법이 될 것이라 확신합니다. 이곳이 미군 함정의 '종합병원' 역할을 하게 된다면 이 조선 벨트는 단순한 선박 건조를 넘어 30년 이상 운용되는 함정의 생애 주기 전체를 관리하는 거대한 MRO 시장을 선점하게 됩니다. 이것은 단순한 하청이 아닙니다. 한미 동맹을 군사 안보 동맹에서 '조선·해양 산업 동맹'으로 확장시키는 전략적 승부수이자, 우리 조선업의 미래 먹거리를 장기적으로 보장하는 확실한 보증수표가 될 것입니다.

Q2. 2025년 APEC 정상회의 때 해수부의 활약도 대단했다고 들었습니다. 세계 정상들 앞에서 우리 해양의 저력을 보여준 '결정적 장면'이 있었다면 무엇입니까?

20년 만에 경주에서 열린 APEC 정상회의는 해양수산부의 외교력이 빛을 발한 무대였습니다. 우리는 단순히 회의를 지원하는 조연이 아니라 기후 위기 대응을 주도하는 주연으로 활약했습니다.

해양의 관점에서 가장 큰 성과는 '해양회복력 강화 로드맵'의 채택을 주도한 것입니다. 기후변화로 인해 태평양 연안 국가들이 공통으로 겪는 위기에 맞서 한국이 앞장서서 공동의 대응 방안을 만들고 정상 선언문에 반영시켰습니다. 이는 해양 기후 위기 극복에 있어 한국이 이니셔티브를 쥐었다는 것을 의미합니다.

실질적인 경제 외교 성과도 있었습니다. 싱가포르와의 정상회담을 계기로 '녹색해운항로 구축 협력 MOU'를 체결했습니다. 세계 1위 환적항인 싱가포르와 손잡고 탄소 배출 없는 친환경 항로를 만들기로 한 것입니다. 이는 우리 해운·조선 기술이 세계 표준이 될 수 있는 길을 닦은 것입니다.

현장에서의 창의적인 지원도 돋보였습니다. 경주의 숙박 시설 부족 문제를 해결하기 위해 포항 영일만항에 대형 크루즈선을 띄워 '해상 호텔'로 활용했습니다. CEO 서밋에 참석한 글로벌 기업인들이 바다 위에서 머물며 한국의 아름다움을 만끽하고, 안전하게 행사를 마칠 수 있도록 지원했습니다. 위기를 기회로 만든 이 '크루즈 호텔' 아이디어에 많은 분이 감탄하셨습니다. 이것이 바로 문제를 해결하는 해수부의 '실력'입니다.

딱딱한 회의만 있었던 것은 아닙니다. 세계 각국 기자들이 모인 미디어센터 앞에서 운영한 'K-씨푸드 푸드트럭'은 그야말로 대박을 터뜨렸습니다. 김스낵, 다시마 부각 같은 우리 수산 식품은 매일 준비한 600인분이 동날 정도로 폭발적인 인기를 끌었습니다. 각국 정상과 수행원들에게 한국의 맛을 알리는 맛있는 외교를 펼친 셈입니다. APEC은 거창한 구호뿐만 아니라 우리 어민들이 생산한 수산물이 세계로 뻗어 나가는 실질적인 세일즈의 장이기도 했습니다.

Q3. '검은 반도체'라 불리는 김은 없어서 못 팔 정도로 대박이 났습니다. 수출 10억 달러 달성이라는 성과 뒤에 정부의 어떤 숨은 지원이 있었습니까?

우리 식탁에 흔히 올라오는 김은 이제 '검은 반도체'라 불리며 세계를 제패하고 있습니다. 작년 김 수출액이 사상 처음으로 10억 달러(약 1조 4천억 원)를 돌파했습니다. 수산 식품 역사상 최초의 기록이자 세계 1위의 쾌거입니다.

이 기적 같은 성과는 하루아침에 이루어진 게 아닙니다. 품질 좋은 원초를 길러낸 우리 어민들의 땀, 그리고 세계인의 입맛에 맞춰 끊임없이 제품을 혁신한 기업들의 노력이 있었기에 가능했습니다. 여기에 정부도 든든한 뒷배가 되었습니다. 특히 올해는 미국 관세 문제 등으로 수출 기업들이 자금난을 겪을 때, 정부가 선제적으로 '우수 수산물 융자사업' 규모를 약 1,500억 원으로 대폭 늘려 긴급 수혈을 했습니다. 돈맥경화를 풀어 주니 기업들이 다시 뛸 수 있었던 것입니다.

물류 지원도 아끼지 않았습니다. 김은 가볍지만 부피가 커서 물류비 부담이 만만치 않습니다. 그래서 우리는 미국 LA, 뉴저지 등 해외 주요 거점에 공동물류센터를 76곳으로 확대 운영하여 우리 기업들이 저렴한 비용으로 창고를 이용하고 현지 배송까지 해결할 수 있도록 도왔습니다. 또한 아마존 같은 글로벌 온라인몰에 'K-씨푸드관'을 개설해 우리 김을 전 세계 안방까지 직배송하는 판로도 열었습니다. 민간이 앞에서 끌고 정부가 뒤에서 미는 환상의 팀워크, 이것이 바로 '김 수출 10억 달러' 달성의 숨은 비결입니다.

하지만 여기서 만족해서는 안 됩니다. 이제 우리가 챙겨야 할 과제는 지속 가능성입니다. 김 양식은 기후 위기에 매우 취약합니다. 수온이 조금만 올라도 김이 녹아내립니다. 그래서 저는 장관 시절, 노후화된 김 가공 공장을 스마트하게 바꾸는 현대화 예산과 고수온에 강한 신품종 개발 R&D 예산을 확정 지어 놓았습니다.

이제 중요한 것은 속도입니다. 바다 날씨가 변하는 속도가 생각보다 빠릅니다. 제가 설계해 놓은 육상 양식 기술 상용화와 스마트 가공 단지 구축 사업이 예산 삭감 없이 제때 집행되는지 두 눈 부릅뜨고 감시하겠습니다. '수산 식품 1위 수출국'이라는 타이틀이 일회성 기적이 아니라 영원한 대한민국의 자산이 되도록, 입법과 예산으로 끝까지 뒷받침하겠습니다.

하지만 무엇보다 중요한 것은 이 화려한 수출 성적표가 우리 어민들의 통장 잔고로 이어져야 한다는 점입니다. 수출이 대박 났다고 해서 유통 기업만 배를 불리고 정작 뙤약볕 아래서 김을 뜯는 어민들은 소외된다면 그것은 반쪽짜리 성공에 불과합니다. 저는 생산자와 수출 기업이 이익을 합리적으로 공유할 수 있는 '상생 협력 모델'을 법제화하고 어민들이 제값을 받을 수 있는 직거래 시스템을 정착시키는 데 힘을 쏟겠습니다.

마지막으로 '품질의 초격차'를 만들겠습니다. 세계 시장에서 한국 김의 위상은 독보적이지만, 중국과 일본의 추격도 만만치 않습니다. 이제는 양적 팽창을 넘어 질적 도약이 필요합니다. 우리 김에 대한 국제 표준 규격을 주도적으로 만들고, 프리미엄 등급제를 도입해 한국 김을 와인이나 치즈처럼 명품 반열에 올려놓아야 합니다. 전 세계인이 "김(Gim)은 역시 한국(Korea)"이라고 인정할 수밖에 없는 압도적인 품질 경쟁력, 이것이야말로 우리 수산업이 가야 할 최종 목적지입니다.

우리나라 김 수출 통계

구분		2024년	2024년 (1~11월)	2025년 (1~11월)	증감	증감률
전체	물량	33,885	31,314	34,559	3,245	10.4%
	금액	997,027	918,904	1,041,240	122,336	13.3%
미국	물량	5,716	5,286	6,213	927	17.5%
	금액	213,859	196,996	228,359	31,363	15.9%
일본	물량	7,303	6,875	6,741	△134	△2.0%
	금액	199,654	188,700	215,148	26,448	14.0%
중국	물량	3,750	3,211	4,699	1,488	46.4%
	금액	87,439	74,759	103,780	29,021	38.8%
태국	물량	3,599	3,468	3,663	195	5.6%
	금액	89,800	86,334	88,545	2,211	2.6%
러시아	물량	2,783	2,577	2,750	173	6.7%
	금액	87,560	80,175	86,211	6,036	7.5%
베트남	물량	1,640	1,477	1,986	509	34.5%
	금액	36,801	33,329	44,087	10,758	32.3%
대만	물량	1,464	1,363	1,474	111	8.2%
	금액	43,075	39,597	43,266	3,669	9.3%
캐나다	물량	803	724	761	38	5.2%
	금액	30,881	27,631	30,202	2,571	9.3%
필리핀	물량	896	829	865	36	4.3%
	금액	23,401	21,282	24,004	2,722	12.8%
인도네시아	물량	1,208	1,141	849	△292	△25.6%
	금액	33,801	31,679	23,723	△7,955	△25.1%

(단위: 톤, 천불, %) 2025년 11월 말 기준

우리 일꾼, 우리 전재수의 약속

Q4. 제2, 제3의 '검은 반도체'를 꿈꾸는 차세대 K-씨푸드 유망주는 과연 누구입니까?

'검은 반도체'라 불리는 김이 1조 원대 수출 신화를 썼지만 여기에 안주할 수는 없습니다. 김 하나만으로는 대한민국 수산 대국의 꿈을 완성할 수 없기 때문입니다. 그래서 저는 장관 재임 시절 김의 뒤를 이을 제2, 제3의 국가대표 선수 선발전을 마쳤습니다. 제가 확신을 가지고 지목한 다음 타자는 바로 '굴'과 '넙치(광어)'입니다.

왜 하필 굴과 넙치일까요? 이유는 명확합니다. 대한민국이 '세계 최고 수준의 양식 기술'을 보유하고 있기 때문입니다. 자연산에만 의존하면 날씨에 따라 공급이 들쭉날쭉하지만, 우리는 이 두 품목을 사계절 안정적으로 대량 생산할 수 있는 독보적인 기술력을 갖췄습니다. 전 세계에서 굴과 넙치를 우리만큼 잘 키워내는 나라는 드뭅니다.

하지만 넘어야 할 산이 있습니다. 바로 '위생'입니다. 굴과 넙치가 세계인의 식탁에 오르려면 까다로운 미국 FDA나 유럽의 위생

기준을 통과해야 합니다. 이를 위해 생산 해역의 오염원을 차단하고, 스마트 위생 가공 공장을 짓는 인프라 투자가 시급합니다. 저는 국회에서 이 부분에 대한 예산이 삭감되지 않도록 끝까지 챙길 것입니다.

최근 10년간 전체 수산식품 및 김 수출금액 통계

구분	전체 수산식품	김	전체 수산식품 중 김 비중
2015년	1,924,375	304,868	15.8%
2016년	2,127,592	353,016	16.6%
2017년	2,329,315	513,246	22.0%
2018년	2,377,020	525,558	22.1%
2019년	2,505,265	579,220	23.1%
2020년	2,312,271	600,421	26.0%
2021년	2,825,343	692,915	24.5%
2022년	3,149,850	647,555	20.6%
2023년	2,997,497	792,547	26.4%
2024년	3,034,198	997,027	32.9%
2025년 1~11월	2,996,756	1,041,240	34.7%

(단위: 백만불, %)

2025년 11월 누적치는 잠정치 기준
출처: 한국무역통계진흥원, 관세청 자료 가공(KMI)

제3부

김이 '검은 반도체'라면 굴과 넙치는 '하얀 반도체'가 되어야 합니다. 기술은 이미 준비되었습니다. 이제 정부의 지원과 국회의 뒷받침이 합쳐지면 우리 바다에서 길러낸 굴과 넙치가 전 세계 미식가들의 입맛을 사로잡는 날이 생각보다 훨씬 빨리 올 것입니다.

Q5. 바다가 뜨거워져 물고기가 살 수 없다고 아우성인데, 기후 위기로 인한 어업 피해는 이제 국가 재난 수준으로 다뤄야 하지 않을까요?

전적으로 동의합니다. 저는 고수온 현상을 단순한 자연재해가 아니라 '어업인의 생존이 걸린 국가 재난'으로 규정하고 대응했습니다. 바다가 끓는데 어민들에게 "참으라"고만 할 수는 없지 않겠습니까? 그래서 단순히 피해를 보상하며 '버티는' 방식이 아니라 선제적으로 대응하고 양식업의 체질 자체를 바꾸는 정면 돌파를 선택했습니다.

2024년에는 고수온으로 역대 최대인 1,430억 원의 피해가 발생

흔들림 없는 해양주권
국가어업지도선
취항식
해양수산부
동해어업관리단

해 정말 마음이 아팠는데요, 그래서 지난해에는 전략을 바꿨습니다. 피해가 나기 전에 '조기 출하'와 '긴급 방류'를 독려하고, 대응 장비를 확대 지원했습니다. 우리 어업인들이 적극적으로 협조해 주신 덕분에, 다행히 피해 규모를 전년 대비 약 13퍼센트 수준으로 크게 줄일 수 있었습니다.

그리고 올해를 위해 '예산'이라는 든든한 방파제도 쌓아두었습니다. 혹시 모를 재난에 대비해 단기적인 안전망을 훨씬 촘촘히 짜 놓는 데 주력했습니다. 우선 고수온 대응 장비 지원 예산을 39억 원에서 78억 원으로 2배 늘렸고, 만약 피해가 발생하더라도 어민들이 다시 일어설 수 있게 도울 재난지원금도 131억 원에서 332억 원으로 2.5배가량 대폭 증액해 두었습니다. 예산이 뒷받침되어야 현장이 움직일 수 있다는 것을 누구보다 잘 알기 때문입니다.

중장기적으로는 양식 산업의 체질을 바꾸는 밑그림을 그렸습니다. 수온이 오르면 키우는 물고기도 바꿔야 합니다. 그래서 기존의 우럭 같은 어종 대신, 방어나 벤자리와 같이 달라진 해양 환경에 잘 적응하는 품종으로 전환하는 로드맵을 마련했습니다. 또한 기후 영향을 덜 받는 '스마트 양식'으로 전환을 서두르고, 상습 피해 해역은 과감하게 '기후변화복원해역'으로 지정해 양식장 이전을 지원하는 근본적인 해법도 그려 두었습니다.

제가 마련해 둔 기조를 바탕으로 해수부는 더 구체적인 후속 대책을 내놓을 것입니다. 저 역시 우리 수산업이 기후 위기라는 파도를 넘어 지속 가능할 수 있도록 끝까지 함께 챙기겠습니다.

Q6. 고수온으로 폐사하는 물고기를 보며 어민들은 피눈물을 흘립니다. 재난지원금 확대와 스마트 양식 전환 계획은 현재 어떤 상황입니까?

기후 위기는 더 이상 먼 미래의 이야기가 아닙니다. 우리 바다 수온이 평년보다 2~3도씩 오르는 고수온 현상이 일상이 되었습니다. 2024년에는 고수온으로 인한 양식어가 피해액이 역대 최대를 기록했고, 어민들의 속은 까맣게 타들어 가고 있습니다.

저는 이 문제만큼은 반드시 해결해내겠다고 결심했습니다. 당장 급한 불부터 꺼야 했기에 기재부를 설득하여 올해 재난지원금 예산을 작년보다 대폭 증액시켰습니다. 또한 고수온이 닥치기 전에 액화산소 공급장치 등 대응 장비를 미리 갖출 수 있도록 장비 지원

예산도 2배로 늘려놓았습니다. 이것은 장관으로서 매듭짓고 나온 확정된 성과입니다.

또한 기존 우럭이나 넙치 대신 더운물에서도 잘 자라는 벤자리, 방어 같은 품종으로의 전환을 유도하는 R&D 예산도 편성했습니다. 하지만 지원금만으로는 임시방편일 뿐입니다. 근본적인 해법은 기후 변화에 흔들리지 않는 체질 개선, 바로 '스마트 양식'으로의 전환입니다.

이제는 국회로 돌아왔지만 이 과업은 멈추지 않을 것입니다. 제도가 안착할 수 있도록 입법과 예산으로 뒷받침하겠습니다. 비록 제 직함은 바뀌었지만 2030년까지 우리 수산업을 기후 위기에 강한 스마트 산업으로 탈바꿈시키겠다는 약속은 유효합니다. 정부가 예산을 제대로 집행하는지, 정책이 현장에 잘 스며드는지, 두 눈 부릅뜨고 감시하고 또 세심히 챙겨 나가겠습니다.

2장

해양수도 부산의 완성,
정치인 전재수의 소명

Q7. 2026년 부산항 개항 150주년에 해양수산부 부산시대 개막까지, 이 역사적인 순간에 '인간 전재수'가 품고 있는 개인적인 소망은 무엇입니까?

올해는 부산과 대한민국 해양 역사에 있어 다시 없을 결정적인 해입니다. 1876년 부산항이 근대 무역항으로 문을 연 지 150주년이 되는 해이자 해양수산부 개청 30주년, 그리고 무엇보다 해수부가 부산으로 이전하여 본격적인 '부산시대'를 여는 원년이기 때문이죠.

장관으로 재직할 때부터 가장 공들여 구상했던 그림이 있는데, 바로 대통령님과 전 국무위원이 부산항 북항에 모여 '현장 국무회의'를 여는 것입니다. 이 계획은 반드시 실현되어야 한다고 믿습니다. 단순한 기념행사가 아니라 대한민국의 미래 성장 축이 서울에서 부산으로, '대륙'에서 '해양'으로 확장되었음을 대내외에 천명하는 상징적인 의식이 될 것이기에 그렇습니다.

돌이켜보면 150년 전의 개항은 외세에 의한 강제 개항이라는 아픔이었습니다. 하지만 이제 우리는 그 아픔을 딛고 세계 2위의 환적항을 일궈냈고, 나아가 우리 스스로의 힘으로 북극항로라는 새로운 바닷길을 열어 가고 있습니다. 2026년의 부산은 바로 이 '주체적인 신(新)해양전략'을 선포하는 역사적 무대가 되어야 합니다.

이 역사적 과업을 완수하는 데에는 변함없이 앞장서겠습니다. 대통령실과 중앙정부에 '부산항 개항 150주년 기념 국무회의' 개최를 건의하고, 이 자리가 단순한 요식 행사가 아닌 대한민국의 새로운 백 년 먹거리를 선포하는 비전의 장이 되도록 치열하게 설득할 생각입니다. 해양수산부 부산 이전을 이끌어낸 그 추진력으로, 우리 부산을 대한민국의 새로운 기회를 여는 중심 무대로 만들어 보고 싶습니다.

Q8. 해수부 신청사를 두고 부산 16개 구·군의 관심이 뜨겁습니다. 과열 경쟁의 우려도 있지만, 오히려 이것이 부산 전체의 '시너지'가 될까요?

해양수산부 신청사는 단순히 공무원들이 일하는 건물을 짓는 게

아닙니다. 해수부를 중심으로 산하 공공기관, 해사전문법원, 해운 기업들이 한데 모이는 거대한 '해양집적화단지'를 만드는 일입니다. 해수부 부산 이전을 확정 지었을 때 가장 먼저 제안했던 것이 바로 16개 구·군의 치열한 유치전이었습니다. 벌써 곳곳에서 "해 수부는 우리 동네로 와야 한다"라는 목소리가 뜨겁게 나오고 있습 니다. 누군가는 이를 두고 지역 갈등을 걱정하지만, 저는 오히려 부산의 심장이 다시 뛰기 시작했다는 증거이자 분명한 변화의 신 호라고 생각합니다.

다만 이 경쟁이 단순한 땅따먹기가 되어서는 안 됩니다. 저는 이 과정이 부산 전체가 해양수도라는 정체성을 자각하고 공부하는 거대한 '시민 학습의 장'이 되어야 한다고 생각합니다. 밀실에서 정치적인 계산으로 위치를 찍어 내리는 시대는 지났습니다.

16개 구·군이 각자 "해수부가 우리 지역에 오면 부산 전체에 어 떤 시너지를 낼 수 있는지", "우리는 해양 클러스터를 위해 어떤 인 프라와 여건을 제공할 수 있는지"를 놓고 치열하게 비전 경쟁을 벌 여야 합니다. 이 과정 속에서 우리는 그동안 미처 알지 못했던 부 산 구석구석의 숨겨진 잠재력과 자원들을 발굴하게 될 것입니다.

또한 이 과정 자체가 하나의 '시민 축제'이자 '집단 학습'의 장이 될 것입니다. 유치전에 참여하면서 시민들은 자연스럽게 "해수부가 왜 중요한지", "북극항로가 우리 동네에 어떤 이익을 주는지"를 공부하고 토론하게 됩니다. 시민들의 뜨거운 관심과 참여 속에 부지가 선정된다면, 그곳은 단순한 청사가 아니라 부산의 새로운 심장이 될 것입니다.

앞으로도 이 과정이 끝까지 공정하고 투명한 공모의 원칙 속에서 진행되도록 함께하겠습니다. 또한 그 치열한 경쟁이 분열로 흐르지 않고 '화합과 상생'으로 귀결되도록, 기꺼이 조정자의 역할을 맡겠습니다. 16개 구·군 모두가 부산의 승리로 승자가 되는 길, 해수부 유치전은 부산의 행정 역량을 한 단계 끌어올리는 결정적 계기가 될 것입니다.

Q9. 지금까지 숨 가쁘게 달려오셨습니다. '북극항로 전도사' 전재수의 다음 행보는 무엇입니까?

저는 하나의 목표가 정해지면 그 비전이 현장에서 실질적인 결과로 이어지도록 역량을 집중하는 '현장 중심형' 인간입니다.

그동안 장관으로서 저의 소명은 부산의 미래를 가로막던 빗장을 푸는 '설계'에 있었습니다. 법령을 통해 해양수산부 부산 이전의 토대를 마련했고, 북극항로라는 새로운 길을 열기 위해 시범 운항의 물꼬를 텄습니다. 이제 중앙정부 차원의 기초 공사는 상당 부분 진행됐습니다. 하지만 아무리 정교한 계획이라도 현장의 땀방울이 더해져 선순환되지 않으면 결코 완성될 수 없습니다.

해양수산부가 강력한 '엔진'이라면, 부산은 그 엔진을 달고 미래로 도약할 '현장'입니다. 최고 성능의 엔진도 지역의 역동성과 맞물리지 못하면 제 속도를 낼 수 없습니다. 저는 중앙에서 만든 이 정책적 동력을 부산이라는 현장에 가장 완벽하게 접목하고, 북극항로라는 고속도로 위를 누구보다 힘차게 달릴 수 있도록 현장에서 정책의 결실을 맺는 마중물이 되겠습니다.

저의 다음 행보는 분명합니다. 중앙에서 쌓은 정책적 역량을 가슴에 품고, 나의 뿌리이자 삶의 터전인 부산으로 돌아가는 것입니다. 정권이나 사람이 바뀌어도 흔들리지 않는 불가역적인 '해양수도 부산'의 기틀을 완성하는 일은 책상이 아닌, 시민과 함께 호흡하는 삶의 접점에서만 매듭지을 수 있기 때문입니다.

저는 이제 중앙의 경험과 힘을 오롯이 부산을 위해 쏟아부을 준비를 마쳤습니다. 제가 그려 온 꿈이 부산 시민 모두의 현실이 될 때까지, 시민 여러분의 곁에서 실질적인 변화를 만들어 가는 여정을 지켜봐 주십시오.

Q10. "정권이 바뀌어도 흔들리지 않는, 누구도 되돌릴 수 없는 기틀을 완성하겠다." 비장함마저 느껴지는 이 말에 담긴 의원님의 진심은 무엇입니까?

정치를 하면서 가장 안타까웠던 것이 무엇인지 아십니까? 정권이 바뀌고 사람이 바뀌면 잘 진행되던 국가 정책이 하루아침에 뒤집히거나 표류하는 것을 너무나 많이 봐 왔다는 것입니다. 특히 지방 관련 정책은 늘 우선순위에서 밀리고 정치 논리에 희생되기 일쑤였습니다. 그래서 저는 결심했습니다.

'누가 와도, 어떤 정권이 들어서도 절대 되돌릴 수 없는 대못을 박아놓겠다.'

제가 여러 설득의 과정을 거쳐 「부산 해양수도 특별법」을 통과시키고, 임시청사 건물을 확정하고, 예산을 편성한 이유가 바로 그

것입니다. 말로만 하는 약속은 바람에 날아가지만, 법과 제도는 관성을 가지고 물리적인 건물(인프라)은 땅에 남습니다. 한번 지어진 항만을 뜯어낼 수 없듯이 한번 구축된 '북극항로 시스템'과 '해양수도 인프라'는 정쟁의 대상이 될 수 없습니다.

제 진심은 하나입니다. 부산이 나아갈 길은 오직 '해양수도'라는 하나의 방향으로만 흐르게 만드는 것. 시스템이 사람을 이끌고, 인프라가 미래를 담보하는 '지속 가능한 부산'을 만드는 것. 그것이 제가 정치생명을 걸고 이뤄내고자 했던 숙원이자 소명입니다.

Q11. 부산의 운명을 바꾸기 위해 지금 우리에게 필요한 결단은 무엇일까요? 끝으로 부산 시민 여러분과 국민께 전하고 싶은 말씀이 있다면?

지금 대한민국은 '수도권 일극 체제'라는 구조적 한계에 봉착했습니다. 수도권은 과밀로 인한 비효율에 시달리고, 지방은 자원 투입 부족으로 인한 소멸 위기에 처해 있습니다. 이대로라면 대한민

국은 저출생과 고령화로 인해 성장의 엔진이 꺼지고, 2050년에는 경제 규모가 세계 15위권 밖으로 밀려날 것이라는 암울한 전망까지 나오고 있습니다.

이제는 결단해야 합니다. 수도권 '일극 체제'를 넘어 '다극 체제'로 국가 성장 전략의 무게 중심을 과감히 이동시켜야 합니다. 이것은 단순히 지방을 돕자는 온정주의적 접근이 아닙니다. 부산·울산·경남을 잇는 '해양수도권'을 구축하여, 대한민국의 꺼져 가는 성장 동력을 다시 점화하자는 절박한 생존전략입니다.

우리는 북극항로 시대라는 거대한 기회 앞에 서 있습니다. 글로벌 자본과 기술, 인력이 스스로 모여드는 혁신 생태계를 부산에 뿌리내려야 합니다. 이것이 수도권과 비수도권이 상생하는 길이며, 우리가 선택해야 할 유일한 대전환입니다.

데이터는 거짓말을 하지 않습니다. 생산연령인구는 급감하고 있으며, 우리 경제의 기초 체력인 잠재성장률은 이미 2퍼센트 선이 무너진 채 1퍼센트대 저성장 구조로 고착화되고 있습니다. 일시적인 처방으로는 이 구조적 저성장의 늪을 빠져나올 수 없습니다.

그래서 저는 '정권이 바뀌어도 흔들리지 않는, 불가역적인 인프라'를 강조합니다. 해양수산부의 부산 이전, 북극항로의 개척, 그리고 북극항로경제권역의 완성은 그 누구도 되돌릴 수 없는 부산의 확고한 미래가 되어야 합니다.

새로운 길은 준비된 이들에게만 열립니다. 부산은 이미 준비되었습니다. 북극항로의 시·종착점이자 유라시아 대륙의 관문인 부산이 해양수도로서 대한민국의 내일을 책임지겠습니다. 부산이 가진 이 거대한 잠재력을 시민 여러분과 함께 현실로 만들어 가는 여정에 끝까지 함께하겠습니다.

이제 부산의 시간은 거꾸로 흐르지 않습니다

책장을 덮으며 저는 다시 질문합니다.

정치란 무엇인가, 그리고 전재수의 지독한 부산 사랑은 어디에서 오는가.

이 책에 담긴 기록들은 단순히 지난 의정 활동과 장관으로서의 행적을 나열한 것이 아닙니다. 부산의 미래를 위해 설계하고, 입법으로 다지고, 행정으로 실행에 옮긴 '실전의 보고서'입니다. 3선 국회의원으로서 부산의 물류 혈관을 뚫고, 해양수산부 장관으로서 부처 이전을 단행하며 제가 마주한 것은 언제나 시민의 절실함이었습니다. 때로는 한계에 부딪혀 막막할 때도 있었지만 저를 다시 움직이게 한 것은 결국 시민이 보내 준 목소리였습니다.

우리는 오랫동안 '해양수도'라는 구호를 외쳐 왔습니다. 하지만 실질적인 인프라와 기업, 그리고 실행이 뒷받침되지 않는 구호는 공허할 뿐입니다. 그래서 저는 집요하게 매달렸습니다. 해양수산부 이전으로 행정적 기반을 닦고 SK해운과 에이치라인해운의 이전을 확정하며 부산의 경제 체질을 바꾸고자 했습니다. 동남투자공사와 해사전문법원은 부산이 글로벌 해양 금융과 법률의 중심지로 우뚝 서기 위한 마지막 퍼즐입니다.

북극항로는 그 정점입니다. 기후변화라는 거대한 위기 속에서 우리는 새로운 '길'을 봅니다. 부산에서 유럽까지의 거리를 7,000 킬로미터 단축하는 이 항로는 대한민국을 세계 물류의 변방에서 명실상부한 중심부로 격상시킬 것입니다. 2026년의 시범 운항은 단순히 새로운 항로를 여는 것에 그치지 않고, 부산에 전례 없는 해양 신산업 생태계가 열린다는 신호탄이 될 것입니다.

미래의 기회를 가장 먼저 포착하는 것은 결국 현장의 청년들입니다. 해양 신산업 육성에 대한 우리의 정책적 확신은 이미 교육 현장에서부터 강력한 변화를 끌어내고 있습니다. 국립한국해양대학교의 정시 경쟁률이 6.73 대 1이라는 17년 만의 최고치를 경신한 것은, 부산이 열어 갈 미래 가치에 청년들이 인생을 걸기 시작했다는 가장 냉정한 지표입니다. 저는 그들의 선택이 틀리지 않았음을 실질적인 일자리와 성장 동력으로 반드시 증명해낼 것입니다.

저의 진심은 명확합니다. 정권이 바뀌고 사람이 바뀌어도 흔들리지 않는 '되돌릴 수 없는 미래'를 만드는 것입니다. 부산의 바다에 뿌리내린 이 인프라는 이제 누구도 거두어 갈 수 없는 부산의 자산입니다.

약속합니다. 저 전재수는 화려한 수사 뒤에 숨지 않겠습니다. 정돈된 보고서보다 현장의 생생한 실물 경제를, 말뿐인 구호보다 시민의 삶을 바꾸는 구체적인 대안을 최우선 순위에 두겠습니다. 당리당략이 아닌 '부산의 실익'을 위해 협치하고 오직 실행과 실적으로 응답하겠습니다.

지난 20년, 부산의 발전과 시민의 삶을 위해 일하고 또 일했습니다. 닳아버린 구두 밑창만큼이나 부산의 골목골목에는 저의 땀방울이 깊게 스며 있습니다. 하지만 제게는 아직 가야 할 길이 남았습니다. 그 길은 '해양수도 부산'의 완성을 향한 길이며 우리의 아버지와 어머니, 그리고 아들, 딸들이 고향 부산에서 마음껏 꿈을 펼치며 희망찬 미래로 나아가는 길입니다.

그 길의 끝에서 더 많은 시민이 함께 웃는 그날까지, 결코 멈추지

않겠습니다. 길이 없으면 만들고, 오직 시민의 발이 되어 묵묵히
나아가겠습니다. 부산을 향한 지독한 사랑을 품고, 일하고 일하고,
또 일하겠습니다.

2026년 3월
전재수 드림

**전재수,
북극항로를 열다,
부산의 미래를 열다**

초판 1쇄 발행일 2026년 2월 27일

지은이 전재수
펴낸이 김현관
펴낸곳 율리시즈

종이 세종페이퍼
인쇄 및 제본 올인피앤비

주소 서울시 양천구 목동중앙서로7길 16-12 102호
전화 (02) 2655 0166/0167
팩스 (02) 6499-0230
E-mail ulyssesbook@naver.com
ISBN 979-11-992239-7-4 03810
등록 2010년 8월 23일 제2010 000046호